현대
마도학자

네르가시아 장편 소설

FUSION FANTASTIC STORY

THE MODERN
MAGICAL
SCHOLAR

현대 마도학자 10

네르가시아 장편 소설

초판 1쇄 찍은 날 § 2015년 6월 5일
초판 1쇄 펴낸 날 § 2015년 6월 12일

지은이 § 네르가시아
펴낸이 § 서경석

편집책임 § 박은정

펴낸곳 § 도서출판 청어람
등록번호 § 제387-1999-000006호
등록일자 § 1999. 5. 31
어람번호 § 제1-2142호

주소 § 경기도 부천시 원미구 부일로 483번길 40 서경B/D 3F (우) 420-822
전화 § 032-656-4452 팩스 § 032-656-4453
http://www.chungeoram.com
E-mail § chungeorambook@daum.net

ISBN 979-11-04-90261-1 04810
ISBN 979-11-316-9243-1 (세트)

현대 마도학자

네르가시아 장편 소설
FUSION FANTASTIC STORY

THE MODERN MAGICAL SCHOLAR

현대 마도학자

THE MODERN
MAGICAL
SCHOLAR

CONTENTS

1장
무기 개발에 착수하다

　대전광역시 대덕구에 위치한 탄약사령부 인근 DKI정밀에서 대표이사 취임식이 열렸다.

　DKI정밀은 대한민국 국군의 차기 소총을 개발하다 비리 관련 논란으로 프로젝트가 결렬된 기업이다.

　지금도 제식소총 K−2를 대신하기 위하여 수많은 노력을 기울이고 있지만, 대표이사 잠적 등의 문제로 회사가 수렁에 빠진 상태이다.

　하지만 그것은 표면적으로 드러난 모습일 뿐, 사실상 그 속 사정은 그렇지 않았다.

처음부터 DKI정밀은 국방부 소속의 정식 연구소로서 그 역할을 다하고 있었다. 차기 소총을 개발하던 것은 정부 주도하에 프로젝트가 출범했다가 정권이 바뀌면서 취소되었을 뿐이다.

현재 국방부에서 비밀리에 진행하고 있던 무기산업의 절반은 이곳에서 나왔다고 할 수 있다.

그러나 정권이 두 번 교체되면서 DKI정밀은 불필요한 기관으로 인식되어 대표이사를 해임시키고 투자금을 회수했다.

이것은 정부의 예산안 문제로 불거진 사안으로, 결국에는 국방부 예산이 모자라 DKI정밀을 잘라낸 것이었다.

정권 교체 시기에 국방부에서 잘려 나간 DKI정밀이지만 그 내실은 아직도 탄탄했다.

소총을 생산할 수 있는 생산 라인은 물론이고 전차와 각종 포탄까지 제조할 수 있도록 되어 있었다.

또한 지하 연구소는 어지간한 대기업의 자동차 연구소와 비슷한 규모이다.

DKI정밀의 본사로 사용되고 있는 1만 5천 평 규모의 연구단지에서 화수의 취임식이 진행되었다.

─내빈 여러분께선 착석해 주시기 바랍니다.

각계각층의 인사들이 화수의 취임을 축하하기 위해 자리

를 채워 앉았다.

이윽고 마이크를 잡은 로이드가 이수그룹의 회장인 화수를 소개했다.

—강화수 회장님의 연설이 있겠습니다. 큰 박수로 맞아주시면 감사하겠습니다.

짝짝짝짝!

화수가 등장하자 사람들은 박수갈채를 쏟아냈다.

그는 내빈들의 박수에 인사로 답하며 단상에 올랐다.

—강화수입니다. 바쁘신 가운데도 저희 이수그룹의 DKI정밀 대표이사 취임식에 참석해 주셔서 너무나도 감사드립니다.

DKI정밀은 대표이사를 이수그룹 회장으로 겸임하여 출범하고, 추후에 알맞은 사람을 취임시키기로 했다.

화수는 아주 간단하게 취임사를 이어나갔다.

—DKI정밀은 국방산업에 이바지해 온 세월만큼 단단한 기반을 가지고 있습니다. 저는 그 기반을 바탕으로 우리 국방력에 도움이 되는 일을 많이 할 생각입니다. 부디 내빈 여러분께서도 많은 관심과 도움을 주셨으면 감사하겠습니다. 이상입니다.

짝짝짝짝!

짧고 간단명료한 연설이 끝나고 난 후 DKI정밀 본사에 마련된 강당에서 오찬이 진행되었다.

국방부장관 정명관이 화수에게 다가와 악수를 청했다.

"축하합니다."

"감사합니다. 기회를 주셨으니 최선을 다해 그 기대에 부응하도록 하겠습니다."

"그래요. 그래야지요."

그는 화수에게 슬그머니 쪽지를 한 장 건넸다.

그 쪽지를 받은 화수는 아무렇지도 않게 그것을 받아 주머니에 갈무리했다.

화수는 쪽지의 내용을 확인하기 위해 자신의 집무실로 향했다.

*　　　*　　　*

DKI정밀의 대표이사 집무실은 공식적으로 공개된 적이 한 번도 없었다.

외부인은 대표이사 집무실이 과연 어디에 있는지 알 수 없으며, 직원들조차 그곳의 위치를 알지 못했다.

대표이사 집무실이 위치한 곳은 엘리베이터와 파킹타워를 통해서만 출입할 수 있도록 되어 있다.

엘리베이터에서 4층과 5층, 6층을 차례대로 누른 후 1층과 호출 버튼을 동시에 누르면 비밀번호 입력을 위해 버튼 입력이 리셋된다.

그리고 난 후에 층수가 적혀 있는 층수 칸을 입력된 비밀번호대로 누르면 대표이사 집무실로 이동하게 된다.

대표이사 집무실은 지하 1층과 2층 사이에 위치해 있는데, 이곳에는 주차장과 관리실이 각각 자리 잡고 있다.

같은 방법으로 파킹타워에서 1.5층으로 이동해도 화수의 집무실로 진입할 수 있다.

대표이사 집무실을 굳이 이렇게 복잡한 방법으로 만들어 놓은 것은 이곳이 대표이사의 집무실임과 동시에 중앙통제실 역할을 하기 때문이다.

이곳에서는 마치 요새와 같은 DKI정밀의 보안 시스템과 경비 시스템을 총괄한다.

또한 이곳은 핵전쟁이 일어나도 생존할 수 있는 패닉 룸과 생존 시스템이 갖추어져 있다.

때문에 그 어떤 곳보다 훨씬 더 복잡하게 보안 시스템이 구축되어 있는 것이다.

800평 규모의 대표이사 집무실 겸 중앙통제실에 화수와 정명관이 함께 마주 앉아 차를 마셨다.

"으음, 향이 좋군요."

"영국에서 가지고 온 다즐링입니다. 선물로 받은 건데 향이 그만입니다."

"그래요. 정말 그래요."

최고급 다즐링을 즐기던 정명관이 화수에게 USB를 하나 건넸다.

"DKI정밀은 국방부와 함께 일하는 곳입니다. 고로 뭔가 지속적인 수익을 내지 않으면 의심을 받을 수가 있습니다."

정명관은 USB에 앞으로 화수가 해결해야 할 과제들을 담아 넘겼다.

"차기 소총을 개발하기에 앞서 기존의 K-2를 개량하여 A3버전을 만들었으면 합니다. 물론 그 개발을 DKI정밀에서 맡아주셨으면 하고요."

"으음, 자세한 사안은 이 안에 들어 있겠지요?"

"간단한 개요뿐입니다. 나머지는 회장님께서 직접 만들어야 합니다."

1980년대부터 사용된 K-2는 전 세계적으로 꽤나 많이 사용되고 있는 소총이다.

심지어 이 소총을 제식소총으로 사용하는 국가도 있을 정도이다.

하지만 지금까지 K-2를 개량하여 성능을 높이려는 움직임은 없었다.

오로지 그것을 대신할 차기 소총에 대한 얘기만 끝도 없이 나오는 실정이었다.

그런 이유로 K—2는 지금까지 A2 시리즈의 모습 그대로 도태되어 개발 정체 중이었다.

"어때요? 개발해 주실 수 있겠습니까?"

"한번 해보지요."

"좋습니다. 기한은 얼마나 드리면 되겠습니까?"

"3개월 안에 테스트까지 끝내도록 하지요."

"그렇게 짧은 시간 안에 끝낼 수 있겠습니까?"

"저는 하지 못할 일에 목숨 거는 사람이 아닙니다."

"흠, 그건 그렇지요."

화수는 물건을 만들기 전에 가격부터 협상했다.

"제가 A3모델을 개발하면 단가는 어떻게 책정되는 것입니까?"

"성능에 따라 다르겠지만 지금의 납품가에 1.5배에서 2배가 되지 않을까 싶습니다."

"조금 빠듯하군요."

"60만에게 보급될 물품입니다. 그럴 수밖에요."

한국군의 사정을 너무나도 잘 아는 화수이기에 그 제안을 수락했다.

"좋습니다. 그럼 그렇게 하시지요."

두 사람은 국방부가 준비한 계약서에 서명하고 두 손을 맞

잡았다.

"꼭, 꼭 성공해 주십시오."

"물론입니다."

이제부터 화수는 한국군의 제식소총인 K—2의 개량형 확보를 위해 전력투구하게 될 것이다.

*　　*　　*

K—2소총은 공랭식, 가스 작용식, 강선식, 이렇게 세 가지 특성을 가지고 있다.

또한 국토 면적의 70%가 산인 한반도 지형에 특화되어 있기 때문에 높은 휴대성과 안전성을 지녔다.

세계적으로 가격 대비 성능이 가장 좋은 총 중의 하나로 손꼽히는 K—2이지만 개발 도태로 인하여 80년대 자동소총의 패러다임에 머물고 있었다.

레일의 부재로 인하여 각종 부수기재를 장착할 수 없으며, 비교적 내구성이 약한 것이 단점으로 지적되었다.

단점보다 장점이 훨씬 더 많은 K—2이지만 점점 더 고도화되는 현대전에 부합하기엔 무리가 있었다.

국방부는 이러한 단점들을 커버하기 위한 K—2A3의 프로젝트를 내어놓았지만, 뚜렷한 내용은 아직 미정이었다.

화수와 마도학자들은 K-2소총을 개량하기 위해 머리를 모았다.

그들은 가장 먼저 차기 소총으로 거론되었다가 실전 배치가 무산될 위기에 놓인 K-11를 분석했다.

K-11은 세계 최고 복합 소총으로 분류되는데, 20㎜ 유도탄과 5.56㎜ 일반 소총탄을 함께 사용한다.

유도탄은 열 감지 센서가 부착되어 있어 곡사화기로 사용할 수 있으며, 조준경과 소총이 일체형이다.

K-11의 편의 기능으로는 레이저 거리측정기, 탄도컴퓨터, CCD카메라, 직접 관측용 광학장비, 환경 센서, 표적 추적 장치, 열 영상 장비 등이 있다.

표면적인 성능으로 보자면 거의 완벽에 가까운 스마트 건이라고 생각되지만, 이 총에는 치명적인 단점이 있다.

그것은 바로 20㎜탄을 쏘는 즉시 총열이 쪼개지는 현상이 벌어진다는 것이다.

아예 전투에 투입될 수 없는 정도의 결함이 발견되고 나서는 K-11을 전량 폐기해야 한다는 목소리까지 나오고 있었다.

화수는 K-11이 실패한 배경에 주목했다.

"결국 복잡한 기능과 그것을 실현하기 위한 기술력 부족이군요."

"이를테면 그렇지요. 거기에 부정부패가 끼어드니 제대로 물건이 나올 리가 없지요."

그는 아주 간단명료하게 결론을 내렸다.

"그렇다면 우리는 기존의 K-2에 장착하여 사용할 수 있는 부착용 개량형과 일체형 개량형을 만들어 보급하기로 합시다."

"K-2에 레일이라도 만들자는 말씀이십니까?"

"결국은 그런 셈이지요."

화수는 K-2의 장점인 기동성과 저렴한 가격 등을 최대한 살리기로 했다.

"먼저 방아쇠와 개머리판은 그대로 살리고 총기의 윗부분을 통째로 개조합니다. 그렇게 하면 가격 절충을 꾀할 수 있어요."

"흠, 그건 그렇겠군요."

"이제부터 우리는 마나코어로 만들 수 있는 최대한의 광학화 장비를 개발하는 겁니다."

"예, 알겠습니다."

그는 마도학자들에게 각각 파트를 정해주고 그것을 개발하도록 지시했다.

*　　　*　　　*

화수가 맡은 것은 총기의 레일 위에 달릴 광학화 장비인 복합형 조준경이었다.

각종 첨단 기능이 탑재된 K-11의 복합형 소형 컴퓨터와 비견되었을 때 전혀 손색이 없게끔 만든다는 것이 화수의 목표이다.

그는 광학화 장비를 아주 간단하고도 내구성이 높은 스마트 워치 형식으로 개발할 생각이다.

화수는 자신이 만들어놓은 설계도면에 나온 부품들을 마나용광로를 이용하여 하나하나 만들어냈다.

까앙, 까앙!

그는 망치를 이용해 모양을 다듬고 모난 곳을 깎아내어 점점 형태를 잡아가는 방식을 택했다.

이렇게 일일이 손으로 부품을 만들어내고 고치기를 반복하면 나중에 실패 노트를 작성하기에 유리하기 때문이다.

화수는 모든 부품을 알루미늄으로 만들고 그 위에 마나코어를 얇게 입혀 부품의 무게를 확 줄였다.

그러는 동시에 물과 불, 먼지와 모래에 강한 부품의 내구성 강화에 신경 썼다.

부품이 들어가는 틀을 일체형으로 만들고 계기판을 강화플라스틱에 마나코어를 입힌 초강화플라스틱 소재로 만들기로 했다.

이렇게 하면 물이나 먼지가 들어갈 틈이 없고, 정비할 때엔 유리 덮개만 살짝 뜯개내 정비하면 그만이다.

광학화 장비에는 소형 무전기와 라디오가 달려 있는데, 이곳에는 오로지 수신만 가능한 무선 이어폰이 장착되어 있다.

그는 무선 이어폰을 장착하고 광학화 장비가 만들어내는 기계음을 청취했다.

삐빅, 삐빅.

그리곤 그 조준경에 눈을 가져다 대어 기능이 잘 작동하는지 살폈다.

광학화 장비에는 사물을 정밀 타격할 수 있는 스코프와 야간투시경이 달려 있어 밤에도 조준 사격을 할 수 있다.

또한 적외선 센서를 부착하고 있기 때문에 엄폐호에 숨은 적까지 감지할 수 있다는 것이 최고의 장점이다.

이윽고 그는 광학화 장비에 달린 송신 마이크의 출력 버튼을 눌렀다.

치익.

개량 소총의 중점은 가격의 절충이기 때문에 그는 일부러 마이크와 이어폰을 따로 떨어뜨려 가격을 다운시키려는 것이다.

"아, 아."

그가 마이크에 대고 소리를 내자 다른 수신기에서 그의 목소리가 들린다.

—아, 아.

이렇게 라디오 수신이 가능하게 되면 분대원 간의 상호 협력이 긴밀해지며, 상부의 지시를 모든 분대원이 들을 수 있게 된다.

이것은 유기적인 전투와 빠른 명령 하달 체계를 완성하는 밑거름이 될 것이다.

"좋아, 완벽하군."

이제 그는 광학화 장비를 총에 부착하고 사격장으로 향했다.

사격장에는 기동사격훈련에 사용되는 마네킹이 엄폐한 상태로 설치되어 있었다.

화수는 K—2에 케이블타이를 묶어 임시 레일을 만들어 광학화 장비를 부착했다.

삐빅, 삐빅—

"후우."

화수는 깊게 심호흡했다.

광학화 장비는 그에 따른 미세한 떨림을 교정하는 그래프를 계기판 하부에 표시했다.

조준경에는 떨림 보정을 위한 수평계가 들어 있기 때문에 격발이 불안해지면 그것이 그래프로 나타나도록 되어 있다.

그 수치는 꽤나 정확하기 때문에 자세가 흐트러지거나 격발 타이밍이 불안하면 곧바로 교정할 수 있다.

이어 화수는 광학화 장비에 달린 야간 조준경 모두를 눌렀다.

삐빅.

그러자 주변이 온통 녹색으로 물들더니 그 안의 표준 온도보다 높은 물건이 빨간색으로 표시됐다.

이로써 야간 사격은 물론이고 수색까지 가능해졌다.

여기서 화수는 버튼을 한 번 더 눌렀고, 광학화 장비는 주변 10m 이내를 탐지하는 음파 레이더를 송출했다.

삐빅, 삐빅—

그러자 주변에 있는 물체들과 생명체로 간주되는 목표물이 점으로 표시되었다.

"좋아, 잘 작동하는군."

화수의 예상대로 작동하는 조준경. 이제는 사격을 해볼 차례다.

철컥, 타앙!

그는 서서쏴 자세로 탄환을 쏘았고, 그 탄환은 목표물에 명중했다.

그와 동시에 수직 망선으로 된 조준경의 내부에서는 목표물에 맞은 탄환에 대한 분석을 시작했다.

삐비비비비빅.

조준경은 탄도학에 의거, 바람의 세기와 습도까지 측정하여 클리크 수정과 사거리까지 계산하여 표시했다.

남서풍—3.4m/s , 습도—25%, 날씨—맑음.

좌상탄, 클리크 수정 요망. +2/—3

화수는 조준경에 나온 숫자대로 전자 클리크를 수정했다.

삐빅.

버튼으로 간단하게 조준점까지 변경한 화수는 다시 한 번 탄환을 쏘았다.

타앙!

이번에도 명중하긴 했지만, 표적물의 이마 정중앙에 탄환이 박혔다.

[명중]

"됐군."

이 정도면 잔고장이 없는 물건을 만들어냈다고 해도 과언이 아니다.

이제 그는 이 광학화 장비에 반영구 동력을 지원할 방법을 물색했다.

*　　　*　　　*

광학화 장비에 들어갈 동력은 복사열 충전식과 태양열 충전, 태엽으로 감는 수동 충전식으로 내정되었다.

광학화 장비의 태엽은 장비 윗부분에 있는 버튼을 손으로 계속 쳐서 전기를 만들어낸다.

이것은 비상시에 사용되는 버튼으로, 평소에는 장비 속에 숨어 있다.

평소에는 총알이 발사될 때 나오는 가스를 빨아들여 그 안에 있는 복사열로 전지를 충전하게 된다.

또한 태양열 전지를 부착해서 해가 있는 곳에서는 얼마든지 방전되지 않고 사용할 수 있게끔 했다.

이 정도의 배터리 충전 방식이라면 평생 방전되지 않고 광학화 장비를 사용할 수 있을 것이다.

화수가 개발한 광학화 장비는 겨우 300g의 무게로, 소총에 부착한다고 해도 전혀 부담이 되지 않는다.

이제 그는 마도학자들이 고안한 각종 부품을 확인해 보았다.

샤넬리아는 자신이 만든 총의 상부를 화수에게 보여주며 부연 설명을 붙였다.

"K-2의 단점이 내구성이라고 하더군. 그래서 먼지가 들어갈 수 없는 구조로 총열을 바꾸었다. 또한 소형 냉각장치가 붙어 있어서 연발 사격을 해도 총열이 휘지 않도록 했지."

"으음, 흥미롭군."

"또한 총신의 위쪽에 레일을 부착해서 각종 부수기재를 장착할 수 있도록 했다. 여기에 복사열 충전지를 부착한 사거리 중대용 부스터 생성기를 부착했다. 만약 총열을 바꿀 수 없다면 반영구 부스터 생성기를 부착하면 될 거다."

"부스터 생성기라?"

"현재 유효 사거리가 600이더군. 그래서 그것을 세 배로 끌어 올렸지."

유효 사거리가 거의 2km에 육박하는 소총은 저격총 외엔 존재하지 않는 것이 사실이다.

그것을 감당할 정도의 총신은 소총에 적합하지 않기 때문이다.

하지만 샤넬리아는 그것을 영구 전지로 만든 부스터 생성기로 해결한 것이다.

"여기에 들어가는 마나코어는 약 1g, 티끌보다 더 작다고 할 수 있지."

"으음, 좋아. 아주 획기적이야."

이제 화수는 찬미가 만든 수입 도구와 베네노아가 만든 마력 윤활유를 확인해 보았다. 수입 도구는 부드러운 솔과 만능 맥가이버칼로 이뤄져 있다.

"총열에 낀 탄매를 제거하기 위한 솔에는 영구적으로 사용이 가능한 탄매 제거제 생성기가 붙어 있습니다. 그리고 맥가이버칼에는 육각렌치와 초소형 절단기가 들어 있어 유사시에 사용하기 적당하도록 했습니다."

"그렇군요. 초소형 절단기에 포인트가 있다고 할 수 있겠지요?"

"그렇습니다."

이번에는 베네노아가 마법 윤활유를 소개했다.

"마법 윤활유는 불에 강하고 물과 모래를 밖으로 튕겨내는 역할을 합니다. 한마디로 총이 자동적으로 방수가 되는 셈이지요."

"오호라."

"이것을 바르고 코팅하게 되면 바닷물과 모래 알갱이가 들어가도 걱정이 없습니다. 만약 이 코팅을 제거하고자 한다면 마법 강중유를 이용해 코팅을 벗겨내면 됩니다."

"으음, 이것으로 소총의 내구성이 대폭 상승하겠군요."

"그렇습니다."

화수는 이 모든 것을 합쳐 장착해 보았다.

철컥!

무게의 증가는 약 400g 남짓, 이 정도면 유탄발사기를 장착한 것보다도 훨씬 가벼운 정도다.

"좋아요. 이 정도면 아무도 따라올 수 없는 기술력이라며 아주 난리가 날 겁니다."

"후후, 물론이지요."

화수는 이제 이 물건을 국방부로 보내기로 했다.

*   *   *

국방부는 화수가 보내온 프로토타입을 받아보곤 단박에 오케이 사인을 보냈다.

그리곤 이것에 대한 안전성 테스트를 거쳐 실전에 배치할 수 있도록 추진했다.

정명관은 이 프로젝트를 F—X사업이라고 명명하여 국회에 제출하기로 했다.

한차례 홍역을 앓고 난 국방부이긴 하지만 F—X사업이 거의 성공 가도에 오르면서 움츠린 어깨를 펼 수 있었다.

그리고 F—X사업에서 남은 돈은 육군과 해군력 증강에 사용할 수 있게 되었다.

국회는 국방부의 정책에 전적으로 동의할 수밖에 없었다. 한번 책정된 예산을 삭감하는 것은 국회로서도 불가능했기 때문이다.

화수는 국회의 동의가 떨어짐과 동시에 곧바로 공장을 가동시켰다.

돌격소총은 물론이고 각종 총기류를 양산할 수 있는 무기 공장에서 K-2A3 초도물량이 생산되기 시작했다.

철컹, 철컹!

화수는 생산 라인을 돌아다니며 뭔가 문제가 될 만한 것이 있는지 확인했다.

마나코어를 합금하는 시설은 화수가 직접 고안한 것이기에 그가 없으면 문제가 생겨도 바로잡을 수가 없기 때문이다.

공장장인 예정식은 화수와 함께 공장을 돌아다니며 물건들이 제대로 나오는지 확인했다.

그러면서 생산 수치에 대해 보고했다.

"1차 초도물량으로 3천 정, 앞으로 추가 계약이 떨어지게 된다면 추가적으로 지속 생산에 들어가게 될 겁니다."

"초스피드군요."

"스퍼트를 올리지 않으면 무슨 일이 일어날지 모르니까요."

그는 앞으로 이 사업 또한 어떤 걸림돌이 생길지 모른다는 불안감에 가득 차 있는 것 같았다.

"아무쪼록 잘 부탁합니다. DKI정밀이 회생하는 문제이니까요."

"물론입니다."

예정식은 조금 더 생산에 박차를 가했다.

*   *   *

화수가 만든 K-2A3의 출시는 국민의 절대적인 지지를 얻어냈다.

무엇보다도 불량품이 하나도 발견되지 않았다는 점에서 극적인 믿음을 주었다.

이에 힘입어 국민들은 DKI정밀이 차기 기관단총과 권총, 저격총, 기관총 등을 개발하면 어떻겠냐는 의견을 내어놓았다.

국방부는 지상군 페스티벌을 개최하는 동시에 국군의 무기 개혁을 선언했다.

대전 엑스포 과학공원에서 열린 지상군 페스티벌에서 정명관 장관은 지상군과 보병은 물론이고 해군과 포병까지 모든 군의 무기 개혁이 단행될 것임을 밝혔다.

찰칵, 찰칵!

기자들이 대거 모인 가운데 정명관이 사업의 내용을 발표했다.

　"우리 국방부는 앞으로 보병의 무기와 포병의 각종 노후포를 개혁하고 기존의 무기들을 개량하여 국방력을 높일 계획입니다. 또한 노후화된 고속정과 구축함을 개조하여 해군력 증강에도 힘을 쓸 것이며, 더 나아가서는 이지스함 등을 추가로 도입하여 바다 수호에 빈틈이 없도록 하겠습니다."

　기자들은 가장 먼저 그에게 자금력에 대해 질문했다.

　"하지만 장관님, 그렇게 되면 자금력에 문제가 생길 텐데요?"

　"자금력의 경우엔 큰 문제가 없습니다. 현재 K−2의 개량에 들어간 돈이 120억도 안 되는 것을 감안하면 앞으로의 무기 개혁 또한 비슷한 양상이 되지 않을까 싶습니다. 이 물량을 60만 대군에게 다 지급한다고 해도 1,200억이 채 안 됩니다. 그렇게 생각하면 답이 되겠습니까?"

　그는 이번 K−2소총의 개량이 60만 대군에게 모두 지급될 양을 확보했다는 것에 포커스를 맞추었다.

　1,200억에 60만 대군을 무장시킨다는 것은 실로 엄청난 일이라고 할 수 있었다.

　더군다나 실제로 K−2가 60만 정 모두 지급되는 것도 아니니 만약 전 보병을 무장시킨다면 약 30~40만 정이 돌아갈 것으로 추정되었다.

그렇게 따지면 지금 1,200억이라는 수치는 최대한 돈을 많이 잡은 것이라고 할 수 있었다.

"다음 작품은 K-1입니다. 우리는 차례대로 국군의 무기를 개혁할 겁니다. 그리고 올해 안에 이 모든 것을 마쳐 그 어떤 국가도 우리를 넘볼 수 없도록 하겠습니다."

"말씀 감사합니다."

이윽고 인터뷰를 마친 정명관이 단상에서 내려왔다.

* * *

국방개혁에 화수의 능력이 집중된다는 것은 상당한 부담으로 작용할 수 있지만, 마도학자들에겐 큰 문제가 되지 않는다.

오히려 머릿속에 담고 있던 이론들을 현실화시킬 수 있다는 것이 기쁠 따름이었다.

지금 그들에게 맡겨진 숙제는 총기뿐이지만, 이제 곧 전함까지 수주하게 되면 조금 더 큰 이상을 이룰 수 있게 될 것이다.

이번에 화수는 총기들을 따로 하나씩 맡아서 초광학화를 진행할 생각이다.

샤넬리아는 기관단총을 맡기로 했고, 찬미는 기관총을 담당하기로 했다.

권총은 평생 권총만 잡고 살아온 베네노아가 담당하기로 했으며, 화수는 광학화의 집약인 저격총을 담당하기로 했다.

화수가 만들어낼 소총은 K─14A2였다.

K─14는 한국이 독자적인 기술로 개발한 저격총으로 유효 사거리 800m의 볼트액션 저격총이다.

화수는 이것을 대물용 저격총으로 개량하여 실전에 배치되도록 할 생각이다.

정명관 국방부 장관은 대한민국의 특수부대도 이제 한국의 기술력만으로 세계 최고가 되어야 한다고 생각했다.

화수는 K─14의 기본형에서 총열과 총신 등을 개량하여 사용하기로 했다.

그는 지금 나온 저격총에 안전성과 파괴력을 갖추고 4㎞ 밖에서도 저격이 가능하도록 할 생각이다.

늦은 밤, 화수는 국산 K─14 저격총과 함께 세계 각국의 저격총에 대해 알아보았다.

인터넷은 물론이고 전문 서적까지 모두 샅샅이 뒤져 각 총의 장단점을 파악했다.

K─14를 비롯한 저격총의 단점이라면 비싼 가격과 이것을 다룰 수 있는 전문 인력의 부족이다.

또한 휴대성이 다소 떨어지며, 적에게 발견되었을 때의 생존율이 떨어진다는 것 등이 약점으로 작용했다.

하지만 이것들은 모두 무기의 특성 때문에 벌어진 격차이기에 화수의 개량은 크게 의미가 없다.

다만 대물 저격총으로서의 자질을 갖출 수 있도록 최선을 다할 뿐이다.

화수는 미국의 M2와 체이탁 등 세계 최고의 명총들을 가지고 연구에 돌입했다.

우선 그는 K−14의 총열을 확장시키는 등의 작업을 거쳐 지금의 약 1.5배에 달하는 크기까지 부피를 키웠다.

이렇게 큰 부피는 다소 부담이 될 수도 있지만 어차피 전장에서 기동성이 거의 없는 저격수의 특성상 크게 문제는 되지 않을 것이다.

이렇게 크게 부피를 키운 화수는 12㎜ 대물용 저격탄을 정확하게 제어할 수 있는 사격 보조 장치를 추가했다.

사격 보조 장치는 바람과 습도, 탄도학에서의 변수 등을 계산하여 자동적으로 조준점을 수정해 주는 장치이다.

4.5㎞ 밖에서 사격을 가하게 되면 수많은 변수로 인하여 목표물에 제대로 맞지 않는 경우가 발생한다.

탄환이 올곧은 직선으로 뻗어 나가는 것이 아니기 때문에 고도의 훈련을 받지 않은 저격수가 아니고서는 500m 앞에서 사격하는 것도 거의 불가능했다.

화수는 이 점을 보정하고 반동을 최소화할 수 있는 초밀착 견착 시스템과 자동 재조준 시스템을 구축했다.

초밀착 견착 시스템이란, 총기의 후방에 어깨를 넣을 수 있는 틀을 만드는 것인데, 이렇게 되면 총과 신체는 일체화가 된다.

그리고 개머리판 역할을 하는 틀의 앞부분에는 스프링이 장착되어 있으며, 틀의 뒷부분에는 에어서스펜스가 장착된다.

한마디로 K─14A2는 반동의 영향을 거의 받지 않는 유일한 대물용 저격총인 셈이다.

또한 열상 장비와 소형 레이더를 장착하여 전투를 진두지휘하며 분대 간 교신이 용이하도록 라디오 전파도 장착시켰다.

이 정도의 기능이라면 거의 전투기계라고 할 만하지만, 화수의 욕심은 끝이 없었다.

그는 12㎜ 탄환에 특수한 기능을 탑재한 다기능 탄환을 개발했다.

다기능 탄환은 각종 마법이 걸려 있는데, 총 다섯 가지의 기능을 가지게 된다.

가장 첫 번째 탄환은 분대에 박격포가 없을 시, 신호탄 겸

조명탄으로 사용이 가능한 발광탄이다.

5.56㎜ 예광탄은 탄환의 불꽃 색깔을 바꾸어주어 사격 방향을 가늠할 수 있게 하지만, 발광탄은 그 이상의 기능을 지녔다.

발광탄은 직경 1미터의 밝기를 가진 탄환을 쏘아 보내 직선거리에 있는 모든 표적을 식별 가능하게 만든다.

이것은 전장에서 아주 큰 의미를 갖는다.

발광탄은 야간 전투에 취약한 소총수들의 사격 라인을 정해줄 수 있다.

사격 라인을 통제하는 것만으로도 야간 전투에서의 우위를 점하게 될 테니 조금 더 높은 승률까지 보장하게 된다.

그리고 두 번째 탄환은 연막탄이다.

아주 작은 마나코어를 장착한 연막탄은 사정거리가 짧고 탄이 무겁기 때문에 일반 탄환보다 조준이 훨씬 어렵다는 단점이 있었다.

하지만 보병들이 진격하는 데 유용한 가림막이 되거나 신호용 탄환이 된다는 장점이 있다.

이것은 보병들이 연막탄을 사용할 수 없거나 60㎜ 박격포가 없을 때에 사용될 것이다.

남은 세 가지 탄환은 각각 폭발탄, 산탄, 유도탄으로 나누어진다.

이들의 특성은 이름과 같이 작은 폭발을 일으키거나 파편으로 적을 공격하는 산탄, 적을 따라가 터지는 유도 기능이 있다.

유도탄의 경우엔 열 감지 센서가 장착되어 있어 적이 있는 곳을 따라가 폭발한다.

하지만 열상 장비가 상당히 작기 때문에 오발의 위험성이 있었다.

이것을 사용하는 것은 저격수의 재량에 달린 문제로 실전에 배치될지는 의문이다.

이 주일 정도 고찰한 끝에 만들어낸 K−14A2, 화수는 이것을 사격하기 위해 야외 사격장으로 향했다.

2장

전투의 패러다임을
바꾸다

연구소 내부에 있는 야외 사격장.

화수는 새로 개발된 각종 무기를 가지고 나왔다.

가장 먼저 사격에 나선 것은 K—1A4였다.

K—1A4를 개발한 샤넬리아는 이 총의 제원과 특성에 대해 설명했다.

"K—1A4는 레일식 탄창을 장착하여 분당 사격 속도 150발에 이르는 연사력을 갖게 된다. 또한 전자 조준경을 통하여 피아 식별이 가능하며, 열상 감지와 방수 기능을 탑재하게 되었지. 하지만 연사 명중률은 K—2에 비해 떨어지며, 사거리가 비교적 짧다는 단점이 있다."

"흐음, 그렇군."

K—1A4는 아예 총기의 모양을 넓적한 박도 모양으로 바꾸어 정밀 조준보다는 난타 전투에서 주로 사용하게끔 만들었다.

하지만 단발 사격 시의 명중률은 기존의 K—1과 비교했을 때 비슷하거나 조금 더 높은 수준이었다.

그녀는 K—1A4의 장전 손잡이를 잡아당겼다.

철컥!

장전 손잡이는 총기의 왼쪽에 달려 있는데, 이것은 사격이 모두 끝나면 자동적으로 후퇴 고정되어 안전성과 편의성을 보장한다.

이윽고 그녀는 분당 발사 속도 1,200발의 엄청난 연사력으로 사격을 시작했다.

좌라라라라라라락!

마치 플라스틱 발판을 돌리는 듯한 소리가 들리더니 믿을 수 없을 정도로 빠른 연사가 이어졌다.

다만 연사로 사격했을 때에 견착을 잘못하면 탄환이 이리저리 튄다는 것이 문제였다.

하지만 그것은 서브머신건 특성 중 하나이기 때문에 더 이상 보정은 불가능했다.

그러나 이 정도의 기능이라면 대테러 진압반이 사용하기에 충분했다.

"훌륭하군."

"아직 보완할 점이 몇 가지 있지만, 이 정도라면 납품해도 문제는 없을 것 같다."

"그래, 수고했다."

이제 화수는 이 중에서 가장 크면서도 중요한 무기인 K—3A4에 대한 보고를 받았다.

찬미는 며칠 동안 잠도 못 자고 계속해 K—3신형을 개발하는 데 매달렸는데, 그 성과가 꽤나 좋은 것 같았다.

"다들 아시겠지만 기관총은 상당히 무겁고 명중 지속률이 낮은 편이에요. 특히나 K—3는 총열이 약하고 탄 걸림 등의 기능 고장이 상당히 많죠. 저는 이것을 보정하는 데 아주 많은 시간을 할애했어요."

그녀는 기존의 K—3와는 조금 다른 모양의 A4모델을 사격대 위에 올려놓았다.

K—3A4는 조준경에 각종 광학화 기능이 탑재되어 있어 원활한 사격이 가능하며, 9mm 탄환을 사용하여 파괴력을 높였다.

찬미는 표적지 대신 두께 5cm 이상의 콘크리트 벽과 수박을 목표물로 사용했다.

그녀는 별다른 설명 없이 두꺼운 탄통과 사격용 이발이를 펼쳐 자리를 잡았다.

철컥.

이윽고 분당 사격 속도 1,400발의 말도 안 되는 속도의 사격이 시작되었다.

두두두다다다다다!

탄통에 들어 있는 탄약은 무려 1분간 사격하는 동안 기능 고장 하나 없이 사격했다.

그리고 그녀는 다시 한 번 장전했다.

끼릭, 타악!

재장전은 탄통을 제거하고 또 다른 탄통을 장착하는 것으로 끝났다.

탄통에는 탄약이 일렬로 들어갈 수 있도록 미리 설치되어 있었는데, 이곳에는 2,000발까지 장전이 가능했다.

일반적인 분대화기는 절대로 소화할 수 없을 정도의 연사력과 장탄량이다.

그녀는 또다시 2,000발을 모두 다 소모하고 나서 총열에 물방울을 떨어뜨렸다.

하지만 물은 뜨거워지지 않고 그대로 떨어져 내렸다.

"오호!"

"냉각장치가 달려 있어 총열이 상할 위험이 없지요."

"대단합니다."

기술력의 집약이라고 할 수 있는 K—3의 사격이 끝나고 난 후엔 베네노아의 K—5의 시연이 이어졌다.

그는 백 마디 말보다 자신이 직접 권총을 사격하여 성능에 대한 검증을 시작했다.

철컥.

탕탕탕탕탕탕탕!

K—5는 9㎜ 탄환을 13발 쏠 수 있는 반자동권총이다.

여기에 베네노아는 일반적인 탄창보다 장탄량이 많은 30발들이 확장탄창을 이용하여 지속 사격이 가능하도록 만들었다.

또한 반자동이었던 사격 방식을 전자동으로 바꾸어 가히 소총에 버금가는 연사력을 갖도록 했다.

그는 30발을 모두 사격한 후에 재장전 버튼을 눌렀다.

철컥, 촤라락!

재장전 버튼을 누르자, 마나코어로 만든 자석이 탄창을 끌어당기면서 곧바로 탄알이 공급되었다.

"기발한 생각이군."

"역시 평생 권총을 잡고 산 사람답습니다."

그는 계속해서 연속으로 사격한 후에 마지막 탄창의 아랫부분에 뭉뚝한 망치를 장착시켰다.

그리곤 권총의 앞뒤로 날카로운 나이프를 매달아 마치 고대 암살자의 무기처럼 만들었다.

양쪽으로 달린 나이프는 적을 베기에 적당하며, 그 아래에 달린 망치는 적을 기절시킬 때 사용할 수 있을 것으로 보였다.

"권총은 부전력이 될 수도, 주전력이 될 수도 있습니다."

"과연 그렇군요."

이로써 K—5는 장교의 자살용으로 불렸다가 이제는 부전력으로 확실히 자리매김할 수 있을 것이다.

"좋습니다. 모두 다 고생했습니다. 이대로 국방부에 보내어 테스트받도록 합시다."

"고생했습니다."

이제 이것을 국방부에 넘기게 되면 조만간 양산이 가능해질 것이다.

*　　　*　　　*

통일부 주체로 열린 개성공단 협상회의.

이곳에는 국토해양부와 국방부까지 참여했다.

총 6자회담으로 진행될 협상회의는 제2개성공단에서 진행되고 있었다.

이미 개성공단의 모든 사업자가 한국으로 돌아간 상황에서 진행되는 협상 분위기는 상당히 무겁게 가라앉아 있었다.

북한의 대표인 이명순 노동당대변인은 자신들의 입장을 아주 강력하게 피력했다.

"우리 북에서는 남의 태도 변경이 없다면 사실상 개성공단을 폐쇄했으면 합니다."

"으음."

"미군과의 합동작전이 펼쳐지는 가운데 우리 북조선이 어떻게 편안하게 발 뻗고 자겠습니까?"

그들은 지금까지 미국과 한국의 합동훈련 등을 핑계 삼아 끝도 없는 원조를 얻어냈다.

하지만 한국 역시 이대로 계속해서 끌려다닐 수는 없는 노릇이었다.

"우리 한국 역시 개성공단 폐쇄로 인해 입은 타격을 회복하기 위해 북으로 보내는 원조를 끊을 수밖에 없습니다."

"…식량으로 협박하는 거요?"

"그런 소리가 아니지 않습니까? 국가가 경영하는 공장이 부도가 났는데 그 손실을 어떻게 메우겠습니까? 당연히 다른 곳에서 채워놓아야 하지 않겠습니까?"

"먹을 것으로 우리를 협박해 통할 것이라고 생각했습니까?"

"협박이 아닙니다. 이성적이고 합리적으로 생각해 달라는 것입니다."

한국은 지금까지 북한이 도발해 올 때마다 식량과 약품 등을 보내어 협상 의지를 이끌어냈다.

하지만 이번 정권은 대북정책을 꽤나 빡빡한 강경노선 쪽으로 잡아 나가고 있었다.

현재 미 함대의 주둔과 일본의 3자 방어 노선이 조금 더 강경하게 구축되면서 북한을 압박하기 좋은 쪽으로 흘러가고 있었기 때문이다.

다만 일본의 역사 왜곡이 문제가 되겠지만, 그 역시 조만간 일본이 강경노선을 바꾸어 평화정책으로 돌아설 것이라는 것이 정부의 해석이었다.

정명관 장관은 북한에게 한 가지 제안을 했다.

"차라리 이렇게 된 김에 개성공단으로 식량난을 정리하고 민심도 수습하시지요."

"민심?"

"요즘 숙청이다 뭐다 해서 말이 많다고 들었습니다."

"뭐, 뭐요?!"

"사실 숙청이라는 것이 별것 없습니다. 잘 아실 겁니다. 숙청 이후엔 회유정책을 써서 민심을 수습해야 한다는 것을 말입니다."

"그거야……."

"개성공단이 다시 열리면 우리 쪽에서 당분간 무상 배급을 해드리지요. 어떻습니까?"

정명관이 제안하는 이 협상안은 이미 국무총리와 대통령이 최종 승인을 하고 장려까지 하고 있는 사안이다.

덕분에 정명관은 국회에서 협상에 대한 권한 일부를 위임받을 수 있었다.

지금부터 그가 내거는 조건이 모두 정책에 반영되게 되는 셈이다.

북한 측 관계자들은 조금 동요하는 모습을 보였다.

"으음, 지금 당장 결정하기 힘들군요. 담배 한 대 피우고 합시다."

"그러시죠."

이윽고 그들은 회의장을 나서서 인적이 드문 곳으로 향했다.

남한에서 올라온 인사들은 회의장에서 담배를 피우며 그들을 기다렸다.

정명관은 두 사람에게 담배를 나누어주며 물었다.

"어떨 것 같습니까?"

"으음, 글쎄요. 과연 저들이 우호적으로 돌아설지는 모르겠습니다만, 최소한 구미가 당기는 것만은 확실합니다."

"그렇지요?"

담배를 피우던 두 사람에게 정명관이 조용히 입을 열었다.

"그나저나 우리 측 사업에 대한 얘기는 절대로 함구해야 합니다. 아시겠지요?"

"물론입니다."

"행여나 저쪽에서 캐물어도 절대 입을 열지 마십시오. 우리가 협상을 함에 있어 절대적으로 불리해질 겁니다."

"알겠습니다."

잠시 후, 북측 대표단이 들어섰다.

"음, 다시 얘기를 이어나갑시다. 어디까지 했지요?"

"우리가 무상 배식을 해주겠다고 했습니다."

"그래요. 그렇군요."

그는 일단 협상을 보류시켰다.

"이 안건에 대해선 추가 협상이 필요할 것 같습니다. 지금 당장 우리가 뭐라 말씀드릴 만한 입장이 아니네요."

"서두르실 것 없습니다. 다음이라는 여지를 주신다면 말입니다."

"한 달 후 다시 이곳에서 만납시다. 어떻습니까?"

"좋지요."

협상의 여지를 남긴다는 것은 앞으로 남북 관계가 다시 좋아질 수도 있다는 뜻이다.

이윽고 대표단은 다시 각자의 진영으로 돌아갔다.

*   *   *

개성공단의 재가동 협상이 일단 보류로 끝맺은 후, 방북에서 돌아온 세 명의 장관이 청와대를 찾았다.

대통령 최성균은 방북 후의 행로에 대해 논의하고자 이들 세 명을 소집했다.

하지만 그의 표정은 썩 밝지가 못했다.

"찾으셨습니까?"

"잘 오셨습니다. 다들 앉으시지요."

"예, 각하."

최성균은 오늘의 협상에 대해 물었다.

"그쪽 분위기는 어떻습니까?"

"제가 말씀드린 회유책이 조금은 먹히는 것 같습니다."

"으음, 그래요?"

의미심장한 표정을 짓던 최성균이 이내 국방부장관에게 말했다.

"일단 보류해 놓고 난 후의 인상은 어땠습니까?"

"분위기는 일단 나빠 보이지 않았습니다. 시간을 벌어보겠다는 생각보다는 협상에 적극 응하겠다는 제스처 같았습니다."

"그렇군요."

최성균은 이들에게 특급 기밀 사항을 전했다.

"지금 북한이 개성공단 협상을 무기한 연장한 것은 아마도 일본의 움직임을 어느 정도 간파한 것이 아닌가 싶습니다."

"일본이요?"

그는 자신의 최측근인 국정원 특작부대의 기밀문서를 이들에게 공개했다.

"지금부터 이곳에서 본 내용은 죽어도 발설해서는 안 됩니다. 일이 터질 때까진 무덤까지 가지고 가서야 합니다."

"물론입니다."

이윽고 안건에 대해 자세히 들여다본 세 사람은 이내 경악하고 말았다.

"내, 내란?!"

"아무래도 일본 극우단체와 자련당의 움직임이 심상치 않습니다. 첩보에 의하면 곧 내란을 일으킬 것 같더군요."

지금 일본은 극우 성향의 정치 세력이 청년들과 기득권층을 움직여 국론을 분열시키고 있었다.

그로 인해 벌어진 것이 바로 역사 왜곡, 독도영유권 문제

등이다.

극우 세력은 그것을 토대로 일본의 내전을 종용할 생각인 것이다.

"하지만 일본 같은 나라가 내란을 일으키겠습니까?"

"쿠데타는 일어납니다. 지금 일본 자위대의 병력을 훨씬 상회하는 비밀군사훈련이 일본 열도 각지에서 벌어지고 있다고 합니다. 그 정확한 위치와 규모는 아직 파악되지 않았지만, 그들의 수적 우위는 일본을 장악하고도 남을 겁니다."

"세상에⋯⋯!"

"아마도 북한은 그 극우파와 뭔가 딜을 했을 겁니다. 북한에 잠입하고 있는 특작부대들의 보고에 따르면 북한의 고위급 관계자가 극비리에 일본을 수시로 방문하고 있다고 합니다. 그 이후에는 일본에서 뜬금없는 암시장 원조가 이어지고 있지요."

"흐음, 그렇다는 것은 일본 극우파가 북한과 손을 잡았다는 뜻으로 받아들여도 되겠군요."

"아직은 좀 시기상조이긴 합니다만, 일단 현재의 상황으로는 그렇다고 볼 수 있겠습니다."

"살다 보니 별⋯⋯."

최성균은 패닉에 빠진 세 명의 장관에게 비밀 지시를 전달했다.

"지금부터 우리는 어떻게 돌아갈지 모르는 국제 정세에 맞춰 국방력부터 증강시켜야 합니다. 국토해양부장관님."

"예, 각하."

"국방부에 지원할 자금을 마련하실 여력이 있으신지요?"

"방법은 상관없습니까?"

"물론입니다."

"으음, 그렇다면 각하께서 조금만 신경을 써주십시오. 암암리에 자금을 만들어보겠습니다."

"알겠습니다. 대신 여론에 공개되어 홍역을 치르는 일은 없어야 할 겁니다."

"예, 각하."

최성균은 이어 국방부장관을 바라보았다.

"정명관 장관님."

"예, 각하."

"듣자 하니 전투기 개조 분야에 엄청난 기술력을 가진 회사가 있다고요?"

"예, 그렇습니다. 지금은 소총 분야를 개량하고 있습니다. K-2의 첨단화가 이미 끝난 상태입니다."

"좋습니다. 그들의 기술력이라면 충분히 우리나라의 군사력을 증강시킬 수 있습니다. 지금 당장 무기를 개량하고 전투기부터 확보하십시오."

"예, 알겠습니다."

"그리고 혹시 해군 전력에 사용할 수 있는 기술력을 보유할 수 있는지도 한번 알아봐 주십시오."

"자금은 얼마나 투자하실 생각이십니까?"

"최대한 많이 투자할 겁니다."

"으음, 알겠습니다. 그렇게 진행하겠습니다."

이윽고 그는 국정원장을 호출했다.

"원장님, 안으로 들어오세요."

―네, 알겠습니다.

잠시 후, 많은 장부를 든 국정원장이 모습을 드러냈다.

국정원장 임승표는 이들 세 장관에게 장부를 나누어주고는 핸드폰을 하나씩 건넸다.

장부에는 사람들의 이름과 비리 현황, 그리고 제거할 수 있는 방법 등이 적혀 있었다.

"다들 아시겠지만, 지금 이대로라면 도저히 국방력 증강이 어렵습니다. 재경부장관에서부터 검찰총장까지 부패한 관료가 너무나 많기 때문이지요."

"그렇다면……."

"이들을 모두 처리하겠습니다. 방법은 스캔들 조작부터 납치, 폭행까지 아주 다양합니다. 하지만 이 방법은 반드시 지켜져야 합니다. 이것은 국정원이 계획한 시나리오이기 때문이지요."

상상을 초월하는 방법이 난무하는 가운데, 국방부가 담당하게 될 사람들 중 일부는 살인으로 처리하라고 되어 있었다.

"살인……."

"안 된다면 암살로라도 처리하십시오."

"그래도 되겠습니까?"

"워낙 정경유착이 깊고 뿌려놓은 돈이 많아서 실종 정도로는 끝이 안 날 놈들입니다. 방법은 단 하나이지요."

"…그렇군요."

"만약 살인이 싫으시다면 포기해도 좋습니다."

정명관은 고개를 가로저었다.

"아닙니다. 죽어도 싼 놈들이군요."

"그래요. 잘 아시는군요."

최성균은 자신의 최측근에게 양심 폐기를 종용했다.

"나라를 위해서 양심은 잠시 버리십시오. 나라가 망해서 양심 따위가 필요 없어지는 것보다는 나을 테니까요."

"예, 각하."

세 사람은 나라를 지키기 위해 이를 악물었다.

*　　*　　*

정명관이 방북에서 돌아온 직후, 화수는 그에게 너무나도 방대한 기획안을 전달받았다.

"…이게 다 뭡니까?"

"앞으로 회장님께서 맡아주셔야 할 사안들입니다. 만약 하지 못할 것이 있다면 지금 말씀해 주십시오."

그는 아마도 화수가 철도를 수리해서 민간물류철도를 개통시킨 것을 아주 높게 사는 것 같았다.

또한 전투기를 개조할 정도의 능력이라면 전함 역시 개조가 가능하지 않을까 생각하는 듯했다.

"흐음, 이것 참."

단순히 완성된 총을 갖다 주러 왔다가 엄청난 일감을 물어가게 생긴 화수로선 만감이 교차했다.

"할 수 없다면 지금 말씀하십시오. 다른 곳을 찾아보겠습니다."

"아니요. 그런 것은 아닙니다."

"그렇다면?"

"다만 너무 갑작스러워서 그렇습니다. 사람이 생각지도 못한 일을 만나면 원래 좀 당황하는 법 아닙니까?"

"그건 그렇지요. 제가 너무 갑작스러웠나 봅니다."

"아닙니다. 괜찮습니다."

선박의 경우엔 화수가 경험하지 못한 분야이기 때문에 상당한 시일이 소요될 것이다.

게다가 지금 정명관이 바라는 것은 국방력의 증대이지, 낡은 것을 수선하는 일이 아니었다.

"나라의 명운이 걸렸습니다. 신중하게 생각해 주십시오."

"으음."

깊은 고뇌에 빠져 있던 화수가 이내 그에게 물었다.

"이 모든 것을 실행하자면 걸림돌이 꽤 많을 겁니다. 당장 국회의원 한 명 때문에 좌초될 뻔한 F—X사업 아닙니까?"

그는 화수의 말에 고개를 가로저었다.

"지금은 상황이 다릅니다. 각하께서 작정하고 숙청을 시작하실 모양입니다."

"숙청이라…… 괜찮을까요?"

"글쎄요. 뚜껑은 열어봐야 알겠지요. 하지만 이대로 나라가 위기에 처하는 것보다는 강력한 단행으로 물의를 빚는 편이 나을 겁니다."

"그렇긴 하지요."

화수가 엄청난 애국자는 아니지만 분명 이곳은 그와 가족들의 터전이다.

이것은 자신의 이익을 위한 일이 아니라 가족과 친구들의 안녕을 위한 일이었다.

"좋습니다. 하지요."

"정말이십니까?"

"하지만 분명한 것은 시일이 조금 걸릴 것이라는 겁니다. 괜찮겠습니까?"

"지금과 같은 속도라면 얼마든지 환영합니다."

그는 정명관이 건넨 프로젝트 파일을 서류 가방에 잘 갈무리했다.

그리곤 자리에서 일어서며 물었다.

"그나저나 자금은 어떻게 충당하실 생각입니까?"

"그건 제가 아니라 다른 사람이 알아서 하기로 했습니다."

"그렇군요. 알겠습니다."

아무리 나라의 명운이 걸렸다곤 해도 돈을 못 받으면 집안이 망한다.

그 때문에 노파심을 드러냈더니 오히려 화수는 덤덤하게 받아들였다.

"이번 총기들의 성능 테스트가 끝나면 곧장 양산에 들어가겠습니다. 그와 동시에 공용화기 먼저 개발하도록 하지요."

"예, 알겠습니다."

할 일이 태산같이 많아진 화수다.

*   *   *

화수가 만들어낸 총기들을 두고 국내의 여론은 대부분 좋은 평가를 내렸지만 일부 좌파 여론에선 국제 정세에 순응하지 못하는 행위라며 지탄했다.

국민근로당 연석준 의원과 김성희 의원은 특히나 화수의 이런 행동을 전쟁 준비라며 맹비난을 쏟아부었다.

하지만 국방부는 화수의 DKI정밀이 계속해서 총기를 생산할 수 있도록 밀어붙였다.

최근 연석준 의원은 국민의 권리를 들먹이며 국기에 대한 경례와 애국가를 제창하지 않는 충격적인 행보를 거듭해 왔다.

김성희 의원 또한 친북 행위에 대한 의심을 받고 있는 상황이기 때문에 그다지 입지가 큰 편은 아니었다.

그런 가운데 국방부가 이 두 사람의 의견을 들어줄 리가 없었다.

화수가 이제 공장을 재설계하고 K-2A3의 초도물량을 생산하던 날, 김성희 의원은 DKI정밀 앞에서 1인 시위를 벌였다.

─극악무도한 전쟁 준비 행위를 즉각 중단하라! 이는 반역 행위에 준하는 행동이다! 중단하라!

오늘 오후에 1차 물량을 국방부에 납품하게 될 화수로선이 광경이 그다지 반갑지 않았다.

로이드와 리처드 역시 그런 그녀를 바라보며 이해할 수 없다는 듯이 말했다.

"미쳤군. 무기 개혁이 반역 행위라니, 도대체 누가 누구에게 반역이라는 소리를 하는지 모르겠군."

"누구나 정치적 이념을 자유롭게 할 권리는 있는 법이지."

"하지만 저건……."

화수는 철저히 정치적 중립을 유지하는 사람이다.

그는 이념과 사상을 양분화하여 어느 쪽이 꼭 옳다고 지지하거나 두둔하지 않는다.

하지만 지금과 같은 상황이 보기 좋을 리 없었다.

"그래, 저런 경우엔 이념의 자유를 넘어선 민폐지. 확실히 저런 행동은 없어져야 해."

"형님, 그냥 없애 버릴까요?"

"후후, 아니다. 그렇게 치면 이 세상에 남아날 국회의원이 얼마나 되겠나?"

"그런가요?"

리처드가 생각할 때 저런 사람은 국가에 전혀 도움이 되지 않았다.

비록 한국에서 태어나지는 않았지만, 그는 적어도 이곳이 분쟁 지역임을 익히 자각하고 있다.

남한과 북한은 아직도 전쟁 진행 중에 있으며, 평화협정을 맺어 그 고리를 끊어내지 못한 것이다.

그런 상황에서 전쟁 준비라는 표현을 쓰다니, 그는 뭔가 앞뒤가 맞지 않는다고 생각했다.

"일이야 어찌 되었든 저런 행동은 좋지 않습니다. 당장 출고해야 할 판에 1인 시위라니 골치 아픈 여자군요."

"별수 있나? 그냥 저 여자를 무시하고 무기를 차에 싣는 수밖에."

이제 슬슬 납품을 진행할 시간이 다가오자 화수는 창고를 개방하고 운반을 강행했다.

"시작하자."

"예, 형님."

총 두 대의 5톤 트럭이 화수의 회사 앞에 도착했고, 그 주변으로 육군의 호위 차량이 줄을 지어 들어섰다.

그중 한 사내가 화수에게 다가와 가볍게 경례를 했다.

"수고하십니다. 염성환 중령입니다."

"강화수입니다."

"말씀하신 물건이 이것입니까?"

"예, 그렇습니다. 이것을 자운대까지 운반하기로 했지요."

"잘 알겠습니다. 그럼 지금 작전을 실시하도록 하겠습니다."

"그렇게 해주십시오."

이윽고 두 개 소대 병력이 화수의 차량을 엄호하며 총기 호송이 시작되었다.

바로 그때였다.

김성희 의원이 화수의 차량이 지나던 길에 서더니 이내 권총을 꺼내 들었다.

철컥!

"뭐, 뭐야?"

"이런 반동분자 같은 새끼들! 죽어라!"

탕탕탕탕!

그녀는 소련제 권총 마카로프로 무차별 사격을 시작했고, 염성환 중령은 차량 행렬을 중지시켰다.

"정지!"

그리곤 병력이 하차하여 재빨리 엄폐물에 몸을 기대어 정면을 주시하도록 지시했다.

아마도 그는 여차하면 그녀를 사살할 생각인 듯했다.

하지만 함부로 국회의원을 저격했다간 자칫 일이 커질 수도 있기에 일단 대화로 이 사태를 해결하기로 했다.

"의원님, 왜 이러십니까? 이곳은 민간인이 지나다니는 곳입니다! 자중하시지요!"

"흥! 그런 사람이 이곳에 병력을 투입하나?! 너희는 모두 반동분자다! 죽어라!"

탕탕탕!

그녀는 다시 한 번 권총을 발사했고, 결국엔 그 총알이 창고 문을 열던 DKI 직원 팔에 맞았다.

서걱!

"으아아아악!"

염성환 중령은 더 이상 두고 볼 수만은 없다고 판단했다.

"어쩔 수 없군."

그는 자신이 타고 온 차량에서 K-1소총을 꺼내더니 이내 실탄을 장전했다.

철컥.

그리곤 단발로 그녀의 허벅지를 명중시켜 버렸다.

타앙!

퍼억!

"꺄아아아악!"

결국 그녀는 염중환 중령에 의해 제압당했고, 병사들은 재빨리 그녀에게 다가가 원을 만들었다.

척!

"움직이면 쏜다!"

"이런, 이런 미친 작자를 보았나?!"

염중환은 그런 그녀에게 다가가 말했다.

"정말이다. 여차하면 죽는다. 민간인을 저격하다니, 살고 싶지 않은 모양이군."

"이, 이러고도 무사할 것이라고 생각하나?!"

"그거야 더 두고 볼 일이고."

그는 병사들에게 포박을 명령했다.

3장

급변하는 정세

　김성희 의원 피격사건을 두고 일각에선 염성환 중령을 지탄하는 여론이 일어났다.

　하지만 그것은 하나의 동영상으로 일단락되었다.

　지나가던 행인이 김성희 의원의 돌발행동과 일반인 저격에 대한 전말을 모두 핸드폰 카메라에 담아놓았던 것이다.

　그녀를 옹호하던 세력도 점점 잠잠해져 갔고, 김성희는 법의 심판을 받게 되었다.

　국민근로당은 국방부에 강력한 유감 의사를 표현했지만 정명관 장관은 오히려 그들을 강력하게 비판했다.

국가의 중요 사업을 저해한 것으로도 모자라 일반인을 피습하다니, 도저히 이해를 할 수 없다는 것이었다.

결국 김성희 의원을 구출하기 위해 비판운동을 벌이던 국민근로당의 행동은 오히려 국산 무기의 진보화를 촉진하는 역할을 하게 되었다.

화수와 마도학자들이 개발한 무기는 모두 정부의 승인을 통과하여 조만간 실전 배치될 예정이다.

한국이 보병의 첨단화를 시작하는 가운데 일본에서는 극우주의 단체들이 김성희와 비슷한 행동을 거듭하고 있었다.

극우 단체들의 연합인 대일본연합은 일본의 수도 도쿄도에서 집회를 열었는데, 이에 모인 인구가 무려 3만이었다.

이 3만의 인파는 도쿄 시가지를 돌아다니며 한국인과 미국인을 무차별적으로 폭행했다.

미국과 한국은 일본의 국수주의에 부합되지 않는 종족이라며 그들을 몰아내는 혐한, 혐미 운동을 벌인 것이다.

이 사태는 결국 일본 경시청이 특공대를 파견하고 자위대까지 동원하는 사태로 번졌다.

오후 네 시, 일본 도쿄의 시가지는 그야말로 전쟁터를 방불케 하는 장면이 연출되고 있었다.

"정부는 일본 땅에서 한국인과 미국인을 추방하라!"

"와아아아아아!"

오늘 그들이 폭행한 한국인은 50명, 미국인은 30명이다.

이들 중 절반은 중환자실로 이송되어 수술에 들어갔으며, 위독한 상태인 것으로 전해졌다.

이에 한국과 미국 정부는 일본 정부에게 강력한 유감을 전달했으며, 일본 정부는 즉각적으로 사과 의사를 전달해 왔다.

하지만 그들의 사과 의사 전달은 대일본연합을 폭발시키는 도화선이 되었다.

"현 정부는 썩었다! 우리와 노선을 달리하는 자, 모두 다 죽어라!"

"와아아아아아!"

대일본연합은 각종 흉기를 꺼내 들고 자신들의 상징인 욱일승천기를 소지하지 않은 일본인을 무차별적으로 공격하기 시작했다.

"꺄아아아악!"

"사람 살려!"

일본경시청은 이 엽기적인 행각에 대해 강경 대응을 시작했다.

"진압대 투입!"

촤라라라락!

"돌격!"

"와아아아아아아!"

플라스틱 보호 장비로 무장한 일본경시청 진압대 병력이 대일본연합을 제압했다.

퍽퍽퍽퍽!

"이런 개새끼들! 너희는 모두 매국노다!"

"흥, 너희야말로 모두 범죄자다! 모두 때려죽여 버려!"

"예!"

3만의 대인원이 모두 미쳐 날뛰는 상황. 아무리 경찰들이 완전무장한 상태라곤 하지만 쉽사리 제압할 수 있을 리가 없었다.

경찰과 폭도 간의 줄다리기가 계속되는 가운데 자위대의 급파 병력이 현장에 투입되었다.

"1대대, 후방에서부터 지원을 시작한다!"

"예!"

총 1천 명의 병력이 경찰을 지원하면서 나섰고, 이제 슬슬 시위대의 기세가 꺾이는 듯했다.

하지만 바로 그때, 경찰은 미처 상상도 못한 일이 벌어졌다.

부아아아앙!

오토바이를 탄 대일본연합 특작부대원들이 등장하여 경찰들을 무차별적으로 폭행하기 시작한 것이다.

"죽어라!"

펑펑펑펑!

"크헉!"

"후방이 뚫렸다! 전열을 가다듬고 방어해라!"

"예!"

오토바이를 탄 인원은 무려 3천 명.

이쯤 되면 시위 진압 병력으로는 도저히 사태를 진정시킬
수 없었다.

사상 최초로 3만이 넘는 폭도에게 점거당한 일본은 경악으
로 물들고 말았다.

*　　　*　　　*

일본인 폭도에게 무참히 폭행당한 한국인 50명 중 20명은
중태, 4명은 사망에 이르게 되었다.

한국 정부는 이에 일본에게 강력한 대응을 촉구하는 한편,
정당한 보상을 요구했다.

하지만 지금 일본은 한국에게 보상을 해줄 겨를이 없었다.

도쿄에서 일어난 폭도의 말도 안 되는 폭력 행위는 순식간
에 일본 열도 전역으로 퍼져 나가고 있었던 것이다.

사상 초유의 반정부 폭력 행위는 일본 정부가 채 손을 쓰기
도 전에 열도를 아수라장으로 만들어 나갔다.

도쿄를 시작으로 히로시마, 후쿠오카, 심지어 북해도 인근까지 폭도가 들고 일어섰다.

전국에 있는 경찰과 자위대의 숫자보다 훨씬 더 많은 폭도의 머릿수는 일본 단독으로 사태를 수습할 수 없을 정도가 되었다.

결국 일본은 주일미군과 한국군에게 SOS를 보내는 사태에 이르게 되었다.

이에 한국군과 주일미군은 각각 1만의 병력을 일본으로 급파하는 사안을 검토하였다.

하지만 이 또한 결코 쉬운 일이 아니었다.

일본에서 벌어진 이 엽기적인 행각 때문에 한국에선 극도의 혐일운동이 벌어지고 있었기 때문이다.

"일본 파병은 국가의 낭비다! 젊은이들의 초상을 부추기는 행위다! 즉각 중단하다!"

"중단하라! 중단하라!"

총 500명의 인원이 국방부 앞을 점거하여 농성 시위를 벌이고 있고, 이제 곧 경찰 병력이 출동할 예정이다.

정명관 장관은 이 사태가 바로 대통령이 언급한 상황임을 알 수 있었다.

일본 파병을 위하여 베트남전 이후 최초로 사단급 병력을 파병하게 된 정명관은 참모회의를 소집했다.

합동참모부는 이번 일본 파병에 특전사와 대테러 진압대를 포함시킬 것을 강력히 건의했다.

　정명관 장관은 이를 수락했으며, 특전사 1개 지역대를 파견하기로 결정했다.

　파병이 본격적으로 시작되는 가운데 화수가 국방부를 방문했다.

　장관의 집무실을 찾은 화수에게 정명관은 솔직한 자신의 심정을 피력했다.

　"사실 저는 사태가 이렇게까지 심각해질 줄은 꿈에도 몰랐습니다."

　"아마 전 세계의 모든 사람이 비슷한 생각을 하고 있을 겁니다."

　"세상에, 다른 나라도 아니고 일본에서 폭동이 일어나다니요."

　일각에선 일본의 폭동을 두고 마치 좀비들이 사람을 물어뜯기 위해 달려드는 것 같다고 표현했다.

　도대체 언제부터 저런 극우 세력이 집결했는지, 어떻게 모여들었는지 의문이다.

　"아무튼 무기의 양산은 계획대로 진행되어야 합니다. 문제없겠지요?"

　"물론입니다."

화수가 진행하고 있는 무기 개량은 아직도 현재 진행형이며, 미국에서 수입한 F—15 전투기 역시 대전에서 재조립이 진행되고 있다.

지금까지 그가 국방부에 납품한 전투기의 숫자는 총 300대, 앞으로 미국과 영국에서 수입할 중고 전투기의 숫자는 총 2,000대에 이른다.

이 중에 10%는 선금으로 받고 나머지는 후불로 지급한다는 것이 이들의 계약 내용이었다.

물론 지상군의 무기는 물건을 받는 즉시 지급된다.

화수는 유사시에 이번 개량형 무기들을 시연할 것을 제안했다.

"제 생각엔 이 폭도들을 제압하는 데 한국군의 무기가 사용되지 않을까 싶습니다. 그때 사용할 수 있도록 최대한 빨리 무기를 준비하겠습니다."

"그래주시겠습니까?"

"어차피 성능 시험 등이 선행되어야 할 테니 되도록 빨리 실전에 배치하는 편이 좋겠지요."

"알겠습니다. 그럼 그렇게 해주십시오."

화수는 이번 기회를 토대로 자신의 기술력이 얼마나 뛰어난지 평가받을 것임을 의심치 않았다.

　　　　　*　　　　*　　　　*

　육군 제60사단 쐐기부대가 일본으로 파병을 명령받았고, 그들은 화수의 신형 무기를 보급받았다.

　총 1만 정의 신형 무기는 각각 주특기에 맞도록 보급되었고, 쐐기부대는 그 성능과 기능을 익히기 위한 숙달 훈련에 들어갔다.

　어차피 기본적인 베이스는 기존에 사용하던 총기와 거의 비슷하기 때문에 부가적인 기능만 숙달하면 문제는 없었다.

　국방부는 우선 경찰 병력과 특공대가 시위대를 진압하는 동안 단기 속성으로 훈련을 끝마쳤다.

　그리고 순차적으로 병력을 급파하기로 했다.

　한국군에서 운용하는 수송선을 탄 1차 파병 병력인 95보병 연대가 후쿠오카에 상륙했다.

　지휘관으로 파병된 장성은 총 25명, 그중에는 합참의장도 자리하고 있었다.

　총 200대의 수송선이 후쿠오카에 안착하자, 한국군은 일사불란하게 해변을 장악하기 시작한다.

　"적이 근방에 있다! 해변을 장악하고 진지를 구축한다!"

　"예, 알겠습니다!"

　1개 중대가 수색대로 파견되어 이곳을 점거하고 있을 폭도들의 기지를 찾아내기 위한 수색을 시작했다.

수색대장으로 임명된 특전사 소속 예명준 중령이 수색중대를 이끌었다.

"소대와 분대를 나누어 총 20개 지역을 순찰한다."

"예, 알겠습니다."

그는 K―1A4와 K―5A1으로 무장하고 병사들을 이끌었다.

병사들 역시 우수한 기동성을 위하여 대부분 K―1A4로 무장했지만 분대에 한 명씩 기관총 사수가 배속되었다.

이제부터 분대는 총기에 부착된 무전기로 중앙지휘관과 유기적으로 연락을 주고받을 것이다.

―치익, 여기는 알파1. 전방에 20명 남짓의 열상 반응을 감지했음.

"피아 식별이 가능한가?"

―전원 무장한 것으로 보인다. 개중에는 권총을 든 병력도 보이는 것 같다.

"알겠다. 제압이 가능하다면 제압하고 그렇지 않다면 후퇴하여 본대와 합류한다."

―입감.

쐐기부대를 포함한 한국군은 실전 경험이 전무하기 때문에 과연 전투에선 어떻게 움직일지 의문이다.

바로 그때였다.

탕탕탕탕!

"무슨 일인가?!"

—전방에서 적이 선제공격을 전개했다! 우선 선 조치, 후 보고로 대응했다!

"사상자는 얼마나 되나?"

—적 20명은 전원 사살, 아군의 부상자는 경상 1명이다!

그는 생각보다 훨씬 더 빠른 그들의 조치를 보고받으며 흡족하게 웃었다.

"장관님의 주입식 교육이 드디어 빛을 발하는 모양이군."

정명관 장관은 쐐기부대가 일본에 투입됨과 동시에 그들에게 일명 '살인면허'를 발급했다.

만약 적이 선제타격을 해온다면 반드시 초기에 제압할 것이며, 만약 이것을 어기면 불이익을 받을 것이라고 교육했다.

지금까지 육군은 사람을 상대함에 있어 상당히 방어적이었지만, 정명관은 우선 자신이 살아야 하며 그것은 전우의 생존을 보장한다고 말했다.

그런 이유로 초기 진압에 실패할 경우엔 분대가 모두 명령 불복종으로 간주한다는 초강수를 두었던 것이다.

그 주입식 교육은 병사들을 극단적으로 움직이도록 만들었다.

"일이야 어찌 되었든 상황은 유리하게 돌아가겠군."

약이 바짝 오른 병사들이 돌격수색을 계속하였고, 그는 총
10개의 진지를 발견하였다.

* * *

쐐기부대가 후쿠오카에서부터 무장 병력을 소탕하는 동안
주일미군은 나가노 상륙작전을 준비했다.

또한 나리타공항에 수송기를 띄워 미특수부대인 델타포스
를 사전 투입시키기로 했다.

실전 경험이 풍부한 델타포스는 나리타공항을 무려 10분
만에 점령하고 수도인 도쿄로 진군하기 시작했다.

하지만 그들은 시가지에 진입하기도 전에 무려 3천 명이나
되는 시위대와 마주하게 되었다.

"미군이다! 죽여라!"

"와아아아아!"

쨍그랑!

화르르르르륵!

탕탕탕!

그들은 화염병과 권총을 이용하여 델타포스를 압박했다.

델타포스 특작조를 지휘하게 된 마이클 스미스 소령은 도
대체 이게 무슨 사태인가 싶었다.

"제기랄! 도대체 일본이 언제부터 총기 휴대가 합법화된 것이지?"

"아마도 저들이 미쳐 날뛰는 이유와 같겠지요. 모든 것은 이미 정부의 통제를 벗어났습니다."

지금 일본의 경제는 급격히 침체되고 있었는데, 그 침체지수가 거의 전쟁을 방불케 할 정도였다.

실제 일본의 상황은 내전을 연상케 했으며, 외신은 폭도의 점거 행위를 반정부 시위에서 '내전 발발'로 정정했다.

그만큼 지금 일본의 상황은 점점 최악을 향해 달려가고 있다는 뜻이다.

델타포스는 재빠르게 상황을 정리해 나간다.

"무장 병력의 일부는 사살한다. 만약 사살하지 않은 병력이 거세게 저항하면 사살해도 좋다. 일본 정부의 허가는 이미 떨어졌다."

"예, 알겠습니다."

이윽고 1개 대대가 신속하게 흩어지더니 일사불란하게 자신들의 담당 포지션을 점령했다.

─브라보 1. 사격을 개시한다.

"입감."

잠시 후, 저격수들의 사격이 시작되었다.

탕탕탕!

"크헉!"

─권총을 든 폭도들을 제압했다. 하지만 여전히 저들의 폭력 행위는 멈추지 않는다.

"필요하면 사살하도록."

─입감.

저격수들이 권총을 든 폭도를 사살했음에도 불구하고 반정부시위대는 농성을 멈추지 않았다.

마이클은 결코 꺾이지 않는 폭도들의 기세를 두고 이런 생각을 했다.

'설마 저들은 군인인가?'

아무리 사상 무장을 마친 사람들이라고 해도 군인처럼 목숨을 버리면서까지 농성을 하진 않는다.

더군다나 저들이 지금 사격하는 자세는 결코 일반인이라고 볼 수 없었다.

바로 어제 한국군이 후쿠오카를 점령했을 때도 일반인들이 권총으로 엄폐 병력을 명중시켰다고 했다.

그렇다는 것은 생각보다 훨씬 더 체계적으로 훈련을 받았다는 소리다.

'이상하다. 이건…….'

외신들은 사태의 심각성만을 두고 '내전'이라고 표현했지만 그가 볼 때엔 지금 이 시위대는 하나의 군대처럼 보였다.

한마디로 누군가 군대를 조직해서 정부를 몰아내려고 작정한 것 같았다.

일이야 어찌 되었든 그는 오늘 안에 도쿄로 들어가는 길목을 정리해야 한다.

"돌격한다! 전원 돌격하라!"

ㅡ입감.

마이클은 부하들과 함께 도쿄 시가지를 향해 돌격했다.

＊   ＊   ＊

후쿠오카에 상륙한 쐐기부대 병력은 고속철도와 지하철을 이용하여 점점 대륙으로 이동하고 있었다.

탕탕탕!

"중대장님! 전방에 적이 출현했습니다!"

"규모는?!"

"1개 대대급입니다!"

"제길, 무슨 소말리아 내전도 아니고, 끝도 없이 나오는군."

쐐기부대가 도쿄로 접근하면 할수록 병력의 무장 상태는 서서히 좋아지고 있었다.

이제는 정규군 간의 싸움이라는 착각이 들 정도로 치열한 시가전이 계속되고 있는 것이다.

히로시마를 거쳐 도쿄로 들어가는 길목, 이곳을 점거하지 못하면 추가 병력이 도착해도 전선이 고착되고 말 것이다.

부대의 상부에선 돌격 명령이 계속해서 떨어지고 있었다.

—치익, 돌격하라. 적은 우리와 비교를 할 수 없을 정도로 오합지졸이다.

무전에선 그들을 괄시하는 듯 말하고 있었지만, 이곳에 있는 병사들 역시 20대 초반의 젊은이들이다.

"으으……."

"사, 살려줘."

실전의 공포감을 이기지 못하고 오줌을 지리는 병사가 있는가 하면, 끝도 없이 헛소리를 지껄이는 병사도 있었다.

한마디로 전장의 공포감이 이들을 점점 물들이고 있었다.

하지만 이 또한 조만간 쏙 들어갈 터였다.

"정신 차려라! 적을 처리하지 못하면 우리가 죽는다! 어머님께서 아들의 장례를 치르길 원하나?!"

"아닙니다!"

"그럼 일어서서 싸워라! 네가 죽으면 부모님께서 통곡하신다!"

"예, 알겠습니다!"

지휘관들의 독려에 하나둘 자리에서 일어서는 병사들. 급

기야 고위급 간부들이 모두 총기를 들고 돌격했다.

"와아아아아! 나를 따르라!"

탕탕탕탕!

K-2A3의 우수한 기능을 앞세워 돌격하는 간부들을 따라 병사들이 움직이기 시작한다.

"와아아아아아!"

고위간부들의 돌격으로 인해 한국군은 다시 진격을 시작하였고, 시위대를 압박해 나간다.

바로 그때였다.

삐이이이이잉!

"포, 포탄?!"

"모두 엄폐해라!"

정면을 향해 돌격하던 쐐기부대원들은 산발적으로 날아드는 포탄을 피해 몸을 숨겼다.

쾅쾅쾅쾅!

"꺄아아아악!"

포탄이 떨어지는 현장에는 민간인도 상당히 많았기 때문에 그 피해는 점점 더 커질 것으로 보였다.

"이런 미친 새끼들을 보았나?!"

"중대장님, 전방에 81㎜ 박격포 진지가 보입니다!"

"제기랄! 박격포까지?!"

"어떻게 할까요?"

"여기서 잠시 대기한다!"

적의 박격포 진지 출현에 쐐기부대원들은 잠시 진격을 멈추었다.

*　　　*　　　*

일본 시위대가 박격포까지 소지했다는 소식이 들리면서 한국을 비롯한 전 세계는 경악을 금치 못했다.

그들은 자위대가 사용하는 무기들을 제외한 구소련제 무기로 무장하여 한국군의 진격을 막아냈다.

심지어 그들은 미군의 진격도 막아내고 있었으며, 그 유명한 델타포스도 도쿄 시가지까지 진격할 수가 없는 상황이었다.

결국 일본 자위대의 본대는 수도에 고립된 채 결사항전을 펼칠 수밖에 없었다.

시위대의 폭력 행위가 시작된 지 이 주일. 사태는 점점 전형적인 내전 양상으로 바뀌어가고 있었다.

이에 영국을 비롯한 UN상임이사국은 일본으로 병력을 급파하는 연합군 결속을 발의했다.

카나자와 일본 총리는 한국군과 미군에게 수도 도쿄를 포기하고 일본 북부인 북해도 인근을 장악하자고 제안했다.

정명관은 카나자와 일본 총리의 제안을 받아들여 한국군 두 개 사단을 북해도로 파병하기로 했다.

이로써 한국군은 공식적으로 일본 내전에 개입하게 되었다.

전문가들은 이를 두고 '열도전쟁' 이라고 명명했고, 이 전쟁은 테러리스트들과 민주주의의 대결로까지 그려지고 있었다.

쐐기부대에 이어 육군 제59사단과 67사단이 열도전쟁에 투입되게 되었다.

이번 전쟁은 참전을 지원한 사람들에 한해서 파병을 결정하였으며, 59사단과 67사단에서 참전 의사가 없는 이들은 후방에 남아 전산이나 보급 지원을 담당하기로 했다.

한편, 일본은 자국민으로 이뤄진 군대를 조직할 여력이 없기 때문에 막대한 자금을 한국군에게 지원하기로 했다.

와카시마 재무대신은 한국군 청년들에게 1인당 250만 원의 월급과 특근수당을 지급하기로 결정했다.

이것은 한국군의 열도전쟁 참전을 유도하는 것으로, 앞으로 더 많은 청년이 참전 의사를 밝힐 것으로 보였다.

한국군의 참전은 일본에게 있어선 아주 큰 의미로 작용했다.

바로 카나자와 총리가 일본의 독도영유권 주장을 포기한다고 선언한 것이다.

하지만 이 모든 조치는 대일본연합이라고 자칭하는 단체를 도발하는 꼴이 되고 말았다.

대일본연합은 원래 자국민은 최대한 건드리지 않는 선에서 운동을 벌였지만, 그들을 대변하는 총리가 나라를 버렸다면서 크게 분노했다.

　그 결과 대일본연합은 도쿄를 점거하고 그 안에 있는 민간인들을 모두 철수시켰다.

　일본 신주쿠에 위치한 번화가.

　며칠 전만 해도 이곳에선 하루 종일 음악 소리와 네온사인이 반짝거렸다.

　그러나 지금은 총칼을 든 반군들이 민간인을 몰아내기 위해 혈안이 되어 거리를 초토화시키고 있었다.

　그들은 신주쿠에 거주하는 주민과 상인들을 모두 잡아 한곳에 모아놓고 거주지를 강제 이동시키는 중이다.

　물론 이들에게 인권이란 처음부터 없는 것 같았다.

　"이런 반동분자들, 어서 움직여라!"

　"사, 살려만 주세요!"

　"어서 움직이라고 했다!"

　퍼억!

　"꺄악!"

　그들은 아녀자와 아이들까지 가차 없이 학대했고, 그를 보다 못한 청년들이 반발하며 일어섰다.

　"이런 나쁜 놈들, 천벌을 받아라!"

"큭큭, 미친놈들이군."

철컥.

AK−47에 탄환을 장전한 그들은 일본 청년들을 무자비하게 학살했다.

두두두두두!

"커허억!"

"으헉!"

"꺄아아아악!"

"큭큭큭큭!"

총 20명의 청년이 그 자리에서 목숨을 잃었고, 그 탓에 집결장은 공포 분위기로 물들었다.

"어서 움직여라! 말을 듣지 않으면 이 꼴이 난다! 알겠나?"

"……."

이제 더 이상 그들은 대일본연합에게 반항하지 않고 자신의 앞만 보고 걸었다.

*   *   *

국방부는 DKI정밀이 가지고 있는 공장과 비슷한 규모의 무기 생산 라인을 총동원하여 신무기 생산에 박차를 가했다.

이곳에 들어가는 자금력은 F−X사업에 들어간 잔금과 추가로 보조 받은 1조 원이었다.

구 DKI정밀에서 소유하고 있던 공장 50곳을 공매로 인수한 국방부는 그것을 화수에게 무상으로 대여해 주었다.

덕분에 화수는 생산 라인을 모두 정비하고 이 주일에 2만 정이나 되는 물량을 쏟아내는 공장을 확보하게 되었다.

이 주에 2만 정이나 되는 소총과 기타 부수기재를 생산하는 것만 해도 벅찰 판에 국방부에선 화수에게 추가 주문을 넣었다.

지금 열도 전선 전방에서 박격포의 부재로 인하여 사상자가 속출한다는 것이다.

처음에는 단순한 경상으로 시작한 전투가 이제는 사상자까지 내는 판국이었다.

한국의 여론은 일본전쟁에 자국민의 젊은이들이 참전하는 것을 반대하는 시위도 열리고 있었지만, 그것은 어디까지나 소수의 의견일 뿐이었다.

대일본연합의 첫 번째 목표는 일본 열도의 통일이며, 그다음 목표는 한반도의 적화통일과 식민지화였던 것이다.

정부는 어떻게 해서든 열도 전선을 깔끔하게 정리하여 대적 관계를 더 이상 넓히지 않으려 애쓰고 있었다.

김성중 국방부차관은 화수에게 시가지 전투에서 유용하게 쓰일 전력 보충을 주문했다.

장관에게서 자세한 내막과 사업 기획을 전해 들은 화수로서는 그의 주문을 들어줄 수밖에 없었다.

DKI정밀 사장 집무실.

화수는 고민 끝에 가장 먼저 한 가지 무기를 먼저 개발해 보급하기로 했다.

"우선 중대 전력을 보강할 수 있는 60㎜ 박격포를 생산해서 보급하겠습니다. 하지만 아시다시피 시간이 걸리는 것은 어쩔 수 없습니다."

"물론이지요. 이대로 전선이 고착되어 당분간 소모전이 계속될 것 같으니 조금은 여유 있게 만드셔도 됩니다."

김성중의 자세는 이번보다 훨씬 더 낮아져서 이제는 그가 화수의 비서처럼 보였다.

그만큼 지금 국방부의 상황이 긴박하다는 얘기다.

그는 화수에게 비행기 추가 개조에 대한 주문 내역도 전달했다.

"미국에서 입수한 비행기는 이미 태백으로 보냈습니다. 그리고 이번에 영국과 프랑스에서 사용하던 노후 기종을 우리가 싼값에 인수하기로 했습니다. 이에 대한 부담은 국방부가 20%, 나머지는 회장님께서 직접 지시는 겁니다. 어떻습니까?"

"으음, 중고 전투기 구매에도 지원을 해주신다는 소리군요?"

"그렇습니다. 국방부의 사업을 도와주시는 것이니 이 정도는 당연히 해야 한다고 생각했습니다."

"감사합니다."

"별말씀을요."

20%의 원가 절감 혜택을 볼 수 있다면 전투기를 열 대당 한 대 더 살 수 있다는 계산이 나온다.

그것은 화수가 조금 더 많은 물량을 확보하여 사업에 전력 투구할 수 있다는 뜻이기도 했다.

이것은 국방부나 화수 모두에게 이득이 되는 일이다.

"F—X사업에 대한 지원은 꾸준히 나올 것이며, 신무기 개발 역시 그렇습니다."

"국회에서 뭔가 잡음이 나오지 않을까요?"

"문제없습니다. 이미 프로젝트는 시작되었으니까요."

화수는 그가 하는 말이 대충 어떤 의미인지 알아들었다.

"그럼 믿고 최대한 빠르게 사업을 진행하겠습니다."

"감사합니다."

이제부터 화수는 60㎜ 박격포와 기타 중화기 개발에 착수 하기로 했다.

4장

내부자들

　박격포의 가장 큰 장점이라면 빠른 이동 속도와 신속하고 긴밀한 화력 지원에 있다.

　포구장전식으로 간단하게 발사가 가능한 박격포는 야포와 비교했을 때 상당히 많은 이점이 있다.

　하지만 휴대가 가능한 박격포이다 보니 사정거리와 파괴력에 있어선 야포나 장사정포를 따라갈 수 없었다.

　또한 박격포의 진지가 적에게 노출되면 생존 확률이 상당히 떨어지기 때문에 후방 교란에 취약한 모습을 보인다.

　게다가 야간 사격에는 명중률이 상당히 경감되기 때문에

해가 지면 전투력이 낮아진다는 단점도 있다.

화수는 이런 박격포의 모든 단점을 보완하기 위하여 기존의 60㎜ 박격포를 버리고 새로운 틀을 짜기로 했다.

어차피 현재 박격포는 상당히 노후한 기종이기 때문에 폐기 처분한다 해도 큰 문제가 되지 않을 것이다.

그는 박격포를 총 두 개 부분으로 나누고 2인 1개 조로 사격할 수 있도록 만들었다.

윗부분은 포신과 광학화 장비가 달려 있고, 아랫부분에는 고각조절기와 집게발 모양의 포다리가 달린다.

이렇게 되면 결합도 빠르고 땅을 파서 포판을 고정시킬 필요도 없었다.

집게발에는 마이크로 발톱이 달려 있어서 시가지는 물론이고 바위 지대에서도 충분히 지지가 가능했다.

또한 광학화 장비에는 포의 자동조준장치, 야간 사격용 투시경, 자동편차수집기, 무전기, 제원산출기가 달려 있어 포수 혼자 모든 것을 처리할 수 있었다.

부포수는 포수의 곁에서 포탄의 봉인을 벗기거나 포구장전을 하고, 가끔 탄매나 가스를 제거하면 된다.

이것은 박격포의 분대 구성을 확 바꾸는 일인데, 경량화된 포를 둘이 나누어 짊어지고 사격할 수 있다.

기존의 박격포가 사용하던 간접 사격, 그러니까 겨냥대와 조준경을 사용하는 불편함이 없어진 것이다.

또한 포판과 조준경을 따로 장착하지 않기 때문에 운반 인원도 절반 이하로 줄어든다.

한마디로 한 분대에 포가 총 3문씩 배속된다는 소리다.

이런 구성은 60㎜ 박격포 소대가 총 12문의 화력 지원을 해주어 현행보다 훨씬 더 긴밀한 화력점을 설계할 수 있다는 뜻이기도 했다.

마도학자들은 60㎜ 박격포를 총 네 부분으로 나누어 개발에 착수했다.

화수는 그중에서도 가장 중요한 박격포의 광학화 장비를 담당했다.

광학화 장비에서 가장 중요한 것은 자동 조준, 계산이 가능한 시스템을 구축하는 것이다.

박격포는 정확도와 신속한 사격이 핵심이라고 할 수 있는데, 병사들이 매일같이 연습을 거듭하는 것은 이 사격 속도를 올리기 위함이다.

1초, 2초에 아군의 목숨이 걸린 전장에서 조금이라도 더 빨리 사격하는 것은 상당히 중요한 일이다.

때문에 병사들은 끝도 없는 반복 숙달을 거치게 되는데, 화수는 이런 불필요한 작업 대신 탄도학과 사격술, 전술을 익혀 조금 더 능동적인 전투를 치를 수 있도록 할 생각이다.

그는 광학화 장비에서 가장 큰 역할을 하는 메인 메모리에 마나코어를 장착하고 내부 부품을 모두 마나 신경체계로 엮었다.

이렇게 되면 광학화 장비가 부수기재를 능동적으로 컨트롤하기 때문에 조금 더 복잡한 전산화가 가능했다.

화수는 성인 남성 주먹 두 개 크기의 광학화 장비에 차곡차곡 부품을 채워 나갔다.

치지지지직.

마나코어로 만든 정밀 용접기를 통해 부품을 채워 나가는데, 추후엔 이것을 기계가 알아서 하게 된다.

그만큼 내부를 최대한 간단하게 일축시키는 것 또한 상당히 중요한 일이다.

연구 일주일째.

그는 방수가 가능한 광학화 장비를 만들었다. 하지만 이제 이것을 부착할 포신과 호환이 되도록 개조하고 조율하여 최고의 성능을 뽑아내야 한다.

화수는 세 명의 마도학자가 만든 60㎜ 박격포의 포신에 광학화 장비를 부착시켜 보았다.

"으음, 부착 부위를 조금 더 조종해야 할 것 같습니다. 효율성이 떨어져요."

"그럼 포신 왼쪽에 홈을 하나 만들어 탈부착을 시킬까요?"

"아닙니다. 일체형으로 만들어야 효율성이 붙어요. 말했다시피 60㎜는 2인 1개 조입니다. 더 이상 인력이 필요하면 곤란해요."

"알겠습니다. 그럼 그렇게 개조하도록 하지요."

지금 광학화 장비를 부착하는 부위는 포신의 윗부분으로, 이렇게 되면 포신이 흔들리는 일이 발생할 수도 있었다.

화수는 그 점을 보완하기 위하여 포신의 왼쪽에 광학화 장비를 부착하기로 했다.

이제 약 일주일간의 추가 연구가 시작될 것이다.

*   *   *

일주일 후, 화수는 기존의 60㎜ 고폭탄과 호환이 가능한 박격포를 만들어냈다.

박격포의 시험 발사는 경기도 연천에 있는 군사무기시험소에서 이뤄질 계획이다.

화수는 2인 1개 조로 사격을 진행하고 전방에 무전병을 한 명 두어 실제 전투와 흡사한 환경을 조성했다.

─형님, 좌표를 전달하겠습니다.

"알겠다."

관측을 맡은 로이드는 화수가 개량한 K—7A4 망원경을 사용하고 있는데, 망원경은 자동 좌표 생성과 풍향, 습도 계산기까지 달려 있다.

또한 적외선 센서와 열상감지기를 부착하여 야간에도 정확한 관측이 가능하도록 했다.

그는 자신이 선 곳에서 망원경으로 목표물을 포착하고 그에 따른 좌표를 산출하여 화수에게 전달했다.

—244.445, 반복합니다. 244.445입니다.

화수는 광학화 장비 하단에 위치한 열 개의 숫자 버튼을 이용하여 목표물의 좌표를 입력했다.

삐비비비빅—

[자동 계산을 시작합니다. 지도 좌표 244.445에 대한 현재 박격포의 제원은 편각 2245, 사각 890입니다.]

방위각을 6,400개로 나눈 편각은 목표물로 포구를 돌리도록 하고 1부터 1,800으로 나뉘는 사각은 사격 각도를 조절하게 된다.

이것은 화수가 독자적으로 개량한 사격 방법으로 이제부터 그가 개량하는 기기들에 적용될 예정이다.

광학화 장비가 화수에게 제원을 하달하자, 그는 조준경에 나온 수치대로 포구를 돌리고 사각을 맞추었다.

끼릭, 끼릭.

[조준이 완료되었습니다. 사격에 대비한 자동 재조준과 추가 계산을 시작합니다.]

조준경에 녹색 불이 들어오며 사격을 해도 좋다는 표시가 내려왔다.

화수의 곁에 선 리처드가 고폭탄 박스에서 탄을 떠내어 포구에 조심스럽게 집어넣었다.

이때, 포신에는 떨림 방지 기능이 작동되어 포구가 올바른 곳을 바라볼 수 있도록 했다.

"포구 장전 완료했습니다."

"발사."

"발사!"

펑!

60㎜ 고폭탄이 박격포의 포구를 떠나 1㎞ 전방에 있는 목표물을 향해 날아갔다.

이윽고 고폭탄은 목표물에 명중하여 흙먼지를 일으켰다.

콰앙!

―명중입니다. 이제 연속사로 사격하겠습니다.

"입감."

화수는 광학화 장비가 자동 계산해 놓은 제원을 가지고 포를 재조준했다.

끼릭, 끼릭.

[재조준 완료. 추가 계산을 준비합니다.]

광학화 장비는 총 네 가지의 사격 모드로 전환이 가능한데, 화수는 그중에서 연속 사격을 선택했다.

[연속사. 연속사에 대한 추가 계산을 준비합니다.]

이제 광학화 장비는 포구에 탄을 집어넣을 때마다 오차와 편차를 계산하여 제원을 연속 산출한다.

화수는 그에 대한 제원을 장입하여 사격만 하면 되는 것이다.

"그린 라이트, 그린 라이트."

발사 신호를 뜻하는 그린 라이트가 내려지자, 부포수인 리처드가 포구에 탄을 집어넣었다.

"발사."

"발사!"

펑!

분당 30발의 연속사가 시작되었다.

총 400발의 고폭탄을 소비한 화수는 60㎜ 박격포의 성능과 명중률에 대한 지표를 그래프로 만들었다.

60㎜ 박격포는 기존 모델에 비하여 약 10배의 명중률과 2배의 발사 속도를 지니게 되었다.

또한 2인 1개 조로 사격이 가능하기 때문에 인력의 필요충

분치가 절반 이하로 떨어졌다.

이에 대한 정보를 그래프로 만든 보고서를 받은 정명관은 아주 흡족한 미소를 지었다.

"수고가 많았습니다. 짧은 시간에 이 모든 것을 완성시켰다는 것은 아주 대단한 일입니다."

"아닙니다."

화수는 우선 광학화 장비를 기존 60㎜ 박격포에 장착시켜 사용하고 지금 개발한 포신은 한 달 이내로 지급하기로 했다.

"다음 달까지는 현행대로 작전을 진행하시고 그동안 후반기 교육을 진행하여 교대로 병력을 투입하시지요."

"알겠습니다. 그렇게 지시하겠습니다."

"그럼 저는 이제부터 신형 박격포를 제작하고 81㎜와 120㎜ 박격포를 개발하겠습니다."

"그래주시지요."

이제부터 약 두 달, 그 안에 전장의 패러다임은 바뀌게 될 것이다.

*   *   *

K-2A3의 출고가 이뤄지는 날.

오늘 화수는 총 12만 정의 총기를 국방부에 납품하기로 했다. 초대형 트레일러에 가득 담긴 총기와 부수기재는 내일 밤 탄약사령부로 옮겨져 각 부대로 직접 보급될 예정이다.

이에 대한 교범과 매뉴얼을 만들어놓은 화수는 추가 신형 무기의 교범을 제작하게 될 국방부 자문단을 맞이했다.

그들은 현재 화수가 만들어놓은 신형 무기들을 어떻게 사용하면 가장 효과적인가에 대해 조언해 주었다.

앞으로 약 한 달 동안 끝없는 연구가 이뤄져 야전부대에 수정된 매뉴얼을 계속해서 지급할 예정이다.

총 20명의 자문위원단은 화수의 회사 내부에 마련된 사무실과 숙소를 오가면서 연구를 거듭하고 있다.

늦은 밤, 화수는 K—2의 전술적 운영을 연구하기 위해 모인 국방연구원 다섯 명과 머리를 맞대었다.

"한반도 전투에서 가장 중요한 것은 산악지형에 활용이 가능한 총기를 보유하는 겁니다. 하지만 이젠 K—2가 시가지 전투에서도 활용되어야 하기 때문에 그 범위가 조금 더 넓어졌다고 할 수 있지요."

"으음."

"약간이긴 하지만 K—2의 무게가 늘어났기 때문에 역할 분담이 필요한 시점입니다. 회장님께서 K—1을 완벽한 방어용 무기로 만들었기 때문에 전투의 일선에선 K—2보다 K—1이 주로 사용되겠지요."

"그렇다면 분대 단위 전술훈련에 대한 세분화를 진행시킬 필요가 있겠군요."

"그렇습니다. 이제부터는 무기의 특성을 고려하여 1번부터 12번까지 모든 분대원이 각기 다른 주특기 훈련을 받아야 할 겁니다."

"전술이 너무 복잡해지는 것 아닙니까?"

"전술은 복잡해야 합니다. 그래야 생존율이 높아지고 유기적인 전투가 가능하지요."

"하긴 그렇군요."

1차 수정을 두 달로 잡긴 했지만, 앞으로 교범은 지속적으로 개량되어 육군부대에 보급될 것이다.

그만큼 전술은 계속해서 복잡해지고 병사들의 전문화는 조금 더 세분화될 것이다.

화수는 연구하는 중간, 벽에 걸린 시계를 바라보았다.

[12시 30분.]

"잠시 쉬었다가 하시지요."

"그럼 그럴까요?"

오늘 이들이 밤새도록 머리를 싸매는 이유는 12만 정의 총기와 함께 보낼 교범을 수정하기 위함이다.

이제 출항이 얼마 남지 않았으니 최대한 머리를 쥐어짜 조금이라도 좋은 교범을 만들려는 것이다.

휴식 시간, 화수는 연구원들과 함께 흡연 타임을 가졌다.

"밖으로 나가시죠."

"그럴까요?"

연구소 내부는 금연이기 때문에 그들은 줄을 지어 흡연실로 향했다.

이제 슬슬 겨울로 향해가는 계절 탓인지 밖은 꽤나 쌀쌀해져 있었다.

화수가 연구원들에게 나누어 줄 담배를 들고 가는 길, 창고에 인기척이 느껴졌다.

그는 고개를 갸웃거리며 창고로 다가섰다.

"거기 누구입니까?"

"……."

"이봐요!"

아무런 대답이 없는 인기척을 향해 다가서던 화수는 불현듯 날아오는 총알과 마주했다.

피용!

"헛!"

재빨리 몸을 돌려 총알을 피해낸 화수는 자신을 향한 총구를 바라보았다.

총구를 들이댄 사내는 동양인으로 키가 조금 작은 편에 속했다.

철컥!

다시 한 번 총이 발사되려는 찰나, 화수는 몸을 날려 그를 제압하기로 마음먹었다.

우우우웅!

화수의 몸에서 뿜어져 나온 마력의 오오라가 그의 온몸을 물들였다.

그리고 그 푸른색 기운은 주먹으로 모여들었다.

퍼억!

"크헉!"

그 주먹에 맞은 사내는 이내 저만치 멀리 날려가 고꾸라져 버렸고, 화수는 그의 정강이를 발로 밟았다.

빠각!

"크아아아악!"

이제 정강이뼈가 부러져 당분간 돌아다니지 못할 것이다.

화수는 주변에 있던 노끈으로 사내의 손과 발을 포박하여 그를 완벽하게 제압했다.

"허억, 허억."

"웬 놈이냐?"

"……."

여전히 말이 없는 사내. 바로 그때였다.

부아아아아앙!

창고로 약 20대의 오토바이가 하이빔을 켜며 달려왔다.

"뭐, 뭐야?!"

"저 컨테이너다! 신속하게 움직여!"

아마도 저들은 화수가 출고를 위해 쌓아둔 물량을 탈취하기 위해 달려든 모양이다.

오토바이의 뒤편에는 트레일러가 대기하고 있어 컨테이너만 탈취하면 곧장 이곳을 빠져나가려 했다.

"이 새끼들!"

아무리 20명이라곤 하지만 화수를 쉽게 넘어설 수는 없을 터였다.

그는 자신의 마나코어에 마력을 집중했다.

우우우우웅!

'소환!'

그러자 그의 손에서 마나의 결정으로 이뤄진 체인소드가 모습을 드러냈다.

체인소드는 일 대 다수의 싸움에서 상대방을 제압하는 데 아주 유리한 고지를 점할 수 있게끔 만들어졌다.

화수는 자신을 향해 달려드는 사내들에게 체인소드를 휘둘렀다.

휘릭!

S자 곡선으로 휘어져 날아간 체인소드는 사내들의 목덜미와 복부 등을 사정없이 할퀴고 지나갔다.

촤락!

"크헉!"

단 일격에 세 명의 사내가 자빠져 버리자 괴한들은 컨테이너보다 화수에게 먼저 달려든다.

"저놈을 족쳐야겠다!"

"예!"

"흥! 해볼 수 있으면 해보시지!"

일단 소란이 벌어지자 화수는 자신의 주머니에 있던 휴대용 기기로 건물 전체에 비상사태를 알렸다.

따르르르르릉!

창고의 모든 문은 자동적으로 폐쇄되었고, 연구원들이 있는 흡연실은 패닉 룸으로 그 역할을 바꾸었다.

괴한들의 수장으로 보이는 사내가 아랫입술을 짓씹었다.

"제기랄, 복병이 여기에 있었군."

"덤벼라!"

이제부터 화수는 이들이 다 죽을 때까지 창고를 벗어나지 않을 것이다.

그는 자신에게 총구를 들이댄 적을 그냥 살려 보낼 정도로

자비로운 사람은 아니었다.

더군다나 평생을 전장에서 보낸 화수가 이런 화근 덩어리를 그냥 보내줄 리 없었다.

휘릭!

화수는 다시 한 번 체인소드를 휘둘렀고, 체인소드가 닿은 즉시 괴한들은 그 자리에 고꾸라지고 말았다.

촤라라락!

"크허어억!"

"이런 괴물 같은 새끼를 보았나?!"

"오늘 이곳에서 살아나갈 생각일랑 아예 하지도 마라!"

바로 그때였다.

화수가 서 있던 왼쪽 창문이 용접기에 의해 뚫리더니 한 사내가 모습을 드러냈다.

"대장! 이쪽입니다!"

"알겠다!"

그는 바닥에 널브러져 있는 부하들을 내버려 두고 멀쩡한 사람들만 추려 탈출을 감행했다.

"그럴 수는 없지!"

하지만 화수가 그의 탈출을 허락할 리 없었다.

화수는 체인소드에 또 한 차례 마력을 불어넣었고, 그 마력은 체인소드를 24개의 조각으로 분리시켰다.

그는 조각으로 나누어진 체인소드를 휘둘러 사방으로 파편을 날려 보냈다.

좌라라라라락!

"이, 이런 미친……!"

마치 수류탄이 터진 것처럼 사방으로 파편이 튀는 바람에 다섯 명의 사내가 또다시 쓰러졌다.

이제 화수는 우두머리로 보이는 사내를 포획하기 위해 손을 뻗었다.

"노옴!"

그러나 화수는 그가 던진 섬광탄에 눈이 멀고 말았다.

"어림도 없다!"

퍼엉!

삐이이이이이!

"크헉!"

화수가 잠시 시야를 잃은 틈을 타 괴한 두 명과 함께 우두머리가 탈출을 감행했다.

아쉽게 우두머리를 놓친 화수는 이내 자신의 주변을 둘러보았다.

"으으으……."

"하는 수 없지."

그는 총 18명의 사내를 자리에서 일으켜 사장 집무실로 보냈다.

그리곤 로이드와 리처드를 호출하여 추격대를 구성했다.

"괴한이 침입했다. 지금 회사 근처 도로를 달리고 있을 거다."

―예, 알겠습니다.

화수는 자신이 제압한 괴한들을 추궁하기 위해 차비했다.

*　　　*　　　*

DKI정밀 지하 2.5층.

화수는 이곳에 18명의 괴한들을 가두어두고 오늘 벌어진 일에 대해 추궁했다.

촤락!

"아아윽!"

화수의 채찍이 사내들의 살에 닿을 때마다 사방으로 살점과 선혈이 튀어 올라 순백색 벽을 물들였다.

그 때문에 화수 역시 새빨갛게 물들었다.

"바른 대로 말해라. 그렇지 않으면 아주 작살을 내버리겠다."

"…모른다고 했다. 모르는 것을 모른다고 하는데 도대체 뭐가 잘못되었다는 것인지 모르겠군."

"그런데 이 새끼가⋯⋯."

피로 물든 채찍을 바닥에 내려놓은 화수가 이번에는 가방에서 손톱보다 더 작은 기계 인형을 꺼냈다.

"어지간해선 입을 열지 않을 것 같군. 너 같은 놈들은 쥐어맞아도 말을 듣지 않을 테니 다른 방법으로 괴롭혀 주어야겠다."

"뭐, 뭐라?'

화수가 꺼낸 기계 인형은 화수와 교감신경이 연결되어 있기 때문에 그가 조작하는 대로 날아다닐 수 있었다.

그는 상자에서 꺼낸 날벌레 모양의 기계 인형을 괴한의 귓가로 날려 보냈다.

위이이이잉!

"이, 이게 뭐 하는 짓이냐?!'

"뭐 하는 짓이긴, 지루해하는 것 같아서 살짝 놀아주려는 것이지."

화수가 날려 보낸 기계 인형은 괴한의 귓가로 들어가 미친 듯이 날뛰기 시작했다.

위잉, 위잉, 위잉!

"으악, 으악, 으아아아악!'

상상을 초월하는 간지러움과 서서히 고막을 파고드는 기계 인형의 행동은 인간을 공포로 물들이기에 충분했다.

순식간에 외이를 뚫고 중이까지 진입한 기계 인형은 여전히 날개를 흔들며 간지러움을 유발했다.

괴한은 미쳐 버리기 일보 직전이었다.

"끄아아아아악! 살려줘! 살려줘!"

"답답한가? 그럼 손을 자유롭게 해주지."

화수는 의자에 묶여 있는 그의 손을 풀어주었고, 괴한은 미친 듯이 뒹굴며 벌레를 떼어내기 위해 온 방을 뛰어다니기 시작했다.

"사람 살려! 제기랄! 제기랄!"

쿵쿵쿵!

머리를 좌우로 흔들어도 날벌레가 나올 기미를 보이지 않자, 그는 벽에 머리를 들이받았다.

이마가 깨지고 피나 나올 정도로 발버둥을 치던 그가 이제는 돌아서 화수에게 달려왔다.

"씨발, 개새끼야!"

"오호라, 욕을 꽤나 차지게 하는군."

화수는 그의 몸을 옆으로 살짝 밀어낸 후 다른 쪽 귀에도 날벌레를 날려 보냈다.

위이잉!

"허, 허어억!"

"어때? 한쪽만 간지러우니까 죽을 맛이지? 이제 좀 균형이

맞나?"

"끄아아아아아악!"

머리를 미친 듯이 흔들던 괴한은 이내 화수에게 납작 엎드려 절을 하기 시작했다.

"흑흑! 선생님, 제발 좀 살려주세요! 제발요!"

"어라? 왜 그래? 아직 부족해?"

"아닙니다! 시키는 것이라면 뭐든지 다 하겠습니다! 그러니 제발!"

무척이나 다급해 보이는 괴한, 하지만 화수는 심드렁한 표정으로 일관했다.

"글쎄? 네 말이 진심인지 아닌지 알 수가 없어서 말이지."

"허억, 허억!"

괴한은 화수를 안심시키기 위하여 자신의 손톱을 뒤로 확 꺾었다.

뚜둑!

"끄아아아악!"

"저, 저런……."

"이, 이제 되었습니까?! 으아아악! 그러니 제발!"

그제야 화수는 그의 귀에서 날벌레를 꺼내어 간지러움에서 해방시켜 주었다.

그러자 그는 이제야 좀 살 것 같다는 표정을 지었다.

"…주, 죽는 줄 알았네."

"이제야 좀 말할 생각이 드나?"

"무, 물론이다."

"좋아, 그럼 네 소속부터 알아보도록 하지. 넌 어디서 온 놈이냐?"

그는 허벅지에 새겨져 있는 문신을 화수에게 보여주었다.

"욱일승천기?"

"대답이 되었나?"

"그래, 네놈은 일본 반정부군이었어."

"아니다. 나는 일본의 해방을 위해 힘쓰는 독립군이다. 우리는 썩어빠진 일본 열도를 구하고 천황폐하를 다시 유일군주로 옹립할 것이다."

사상의 무장은 첨단 무기로 무장한 세력보다 훨씬 더 무섭고 두려운 존재가 될 수 있다.

단순한 무장 세력은 총과 칼로 싸우다 밀리면 항복하고 말지만 사상으로 무장한 세력은 굴복이라는 단어를 아예 모른다.

더군다나 목숨보다 사상이 더 중요하다고 생각하는 그들은 자살 테러도 서슴지 않는 무서움을 가지고 있다.

"우리의 무기를 가지고 어디로 향하려던 길이지?"

"어디긴, 일본 열도지."

"흐음."

화수는 이제 반정부 시위대가 완전한 군의 형태를 갖추려 안간힘을 쓴다는 것을 알 수 있었다.

아마도 그들은 완전히 일본을 장악하고 자신들만의 세계를 구축하려는 것 같았다.

'미친놈들이군.'

그의 머리가 복잡해질 즈음, 전화가 왔다.

따르르릉!

전화를 걸어온 사람은 다름 아닌 로이드였다.

"나다."

─형님, 로이드입니다.

"그래, 잡았냐?"

─송구하게도 실패할 것 같습니다. 지금 놈들이 배를 타고 동해안으로 튀었습니다.

"동해안? 일본으로 가는 건가?"

─아닙니다. 노선으로 봤을 땐 아마도 북한으로 가는 것 같습니다.

"북한?!"

순간, 반정부군의 동공이 심하게 흔들렸다.

화수는 처음부터 그들의 목적지가 북한이었다는 것을 알 수 있었다.

"이 새끼, 나에게 거짓말을 했구나."

"아, 아니, 그게 아니고……."

"빌어먹을 자식!"

그는 괴한의 귓가에 날벌레를 집어넣은 후 패닉 룸을 나섰다.

"끄아아아악!"

"빌어먹을 자식, 벌이다."

괴한의 처절한 비명 소리가 패닉 룸에 울려 퍼졌다.

*　　　*　　　*

리처드와 로이드는 해경과 해군에 협조 요청을 했지만 그들의 특별한 활약을 기대할 수는 없을 듯했다.

DKI정밀을 탈출한 배가 북한령 동해로 향하고 있었기 때문이다.

아무리 한국에서 테러 행위를 자행한 이들이라고 해도 한국군 무장 세력이 NLL을 넘으면 전투가 일어나게 된다.

잘못하면 북한군과의 관계 냉각 사태까지 일어날 수 있는 일이니 로이드는 멀어지는 그들을 가만히 바라볼 수밖에 없었다.

"북한과 일본 반군이 손을 잡은 건가?"

"그럴 수도. 아니면 놈들이 미쳐서 북한으로 귀순할 생각인지도 모르고."

별의별 추측이 난무하는 가운데 로이드의 전화기가 울렸다.

따르르르릉.

[발신자 표시 제한.]

"누굴까?"

"정보원인 것 같군."

"정보원?"

"너도 익히 아는 놈일 텐데?"

전화를 받은 로이드는 상당히 무뚝뚝한 투로 말했다.

"용건은?"

―네가 말한 극우단체 주요 인물에 대한 정보를 입수했다.

"수고했다. 돈은 어디로 입금하면 되나?"

―스위스 계좌를 알려주겠다. 그쪽으로 입금하면 된다.

"알겠다."

스위스 계좌라는 말을 들은 리처드가 뭔가 알 것 같다는 표정을 지었다.

"아하, 그 뚱쟁이 녀석이군."

"맞아. 요즘에는 러시아와 일본을 오가면서 약장사를 한다
더군."

"으음, 그래?"

"그런데 흥미로운 것은 북한에서도 러시아의 마약을 받는
다는 거야."

"북한?!"

"먹고살기가 힘들수록 마약의 힘이 필요하지. 아니면 고위
층 인사들이 기름기가 끼어서 다른 여흥거리를 찾는 것인지
도 모르고."

실패한 공산주의라고 불리는 북한의 생활은 상당히 피폐
했다.

일부 사유 재산이 인정되긴 했지만 궁핍한 하층민의 생활
에 사유 재산이 인정되어 봐야 그리 크지가 못했다.

때문에 북한의 관광가이드나 음식점 종업원들은 중국 돈
을 받고 외국인들에게 쉽게 몸을 허락했다.

그 흔한 뚜쟁이조차 없지만 그녀들은 호텔 화장실에서 몸
을 팔고 즉시 현찰로 대가를 받아냈다.

한 달 내내 뼈 빠져라 일하느니 일부 관광객들을 상대로 윤
락 행위를 해 돈을 버는 편이 낫다고 판단한 것이다.

더군다나 북한은 억압된 내부 사정으로 인하여 뒷골목의
실태는 상당히 문란했다. 이러한 윤락 행위에 대한 죄의식이

또렷할 리가 없었다.

이렇게까지 타락한 북한이기에 마약이 성행한다고 해도 이상할 것이 없었다.

"갈 때까지 간 모양이군."

"마약이 안 풀리는 동네도 있나? 그들도 다 같은 사람이라는 소리지."

"…그렇긴 하지."

"아무튼 놈의 말에 의하면 일본 극우단체 수장이라는 놈과 그 휘하의 중요 10인을 잘 안대."

"정말일까?"

"믿져야 본전이지. 아니, 믿지면 놈들 잡아다 족치지, 뭐."

로이드는 사창가에서 마약을 판매하는 뚜쟁이 막슬란이라는 정보원에게서 프로필 11개를 전달받았다. 그리고 그는 그 프로필을 화수에게 전달했다.

$$*\qquad*\qquad*$$

화수는 막슬란이라는 정보원이 제공했다는 프로필을 확인해 보았다.

그는 11명의 얼굴을 자세히 살펴보다 이내 미묘하게 미간을 찌푸렸다.

"이 새끼 이거… 대담한 놈이군."

화수는 오늘 이곳을 습격한 수장의 얼굴과 11인의 수뇌부 중 하나가 일치한다는 것을 알 수 있었다.

그의 이름은 마나카 준페이. 일본에서 장난감 회사를 경영하고 있다.

상당히 순박해 보이는 얼굴과 그에 걸맞은 직업까지. 하지만 그의 다른 이면에는 폭력단체의 수뇌부로 활동할 정도로 잔악하고 무자비한 얼굴이 숨어 있었다.

"겉모습만으로 사람을 판단하지 말라곤 했지만……."

세상 그 어떤 누가 장난감 공장 사장이 무장 세력의 수뇌부라고 상상이나 하겠는가?

철두철미한 그의 행적으로 미뤄봤을 때, 아마도 북한과는 꽤나 오래 교류했을 것이다.

그렇지 않으면 마치 기다렸다는 듯 북한으로 배를 돌렸을 리 없었다.

하지만 무턱대고 일본 반군과 북한이 배꼽을 맞추었다고 단언할 수는 없다.

그는 로이드를 집무실로 호출했다.

"부르셨습니까?"

"많이 바쁜가?"

"아닙니다. 괜찮습니다."

"부탁 하나만 하지."

"말씀하십시오."

"혹시 이 막슬란이라는 놈과 줄을 대줄 수 있겠나?"

"막슬란이요? 그놈과는 왜……."

"마나카 준페이라는 놈을 잡아야겠어. 놈이 마나카 준페이의 프로필을 확보했으니 잘하면 뒷골목에서 마나카 준페이가 있을 만한 곳을 알아낼 수 있지 않겠나?"

"으음, 그렇긴 하군요."

"어때? 줄을 대어주겠나?"

"알겠습니다. 그런데 놈을 잡는 것은 누가 합니까?"

"국방부에 북파간첩이 있는지 알아봐야지. 우리는 정보를 제공하고 행동하는 것은 국방부에서 대신 할 것이다. 나머지는 우리가 신경 쓸 필요가 없어."

"예, 형님. 그럼 놈과 내일 당장 줄을 놓겠습니다."

"그래."

생각 같아선 직접 북한으로 침투해서 놈들 잡아다 족치고 싶은 마음이지만 지금 화수에겐 그럴 만한 여유가 없었다.

박격포를 개량하고 나면 야포와 장사정포를 개조해야 하기 때문이다.

화수는 나머지 일은 국방부에 맡기기로 했다.

5장

서서히 드러나는 흑막

　국방부는 로이드가 세운 가설을 전해 듣고는 상당히 난감한 입장을 표명했다.

　요즘 남북 관계가 그다지 껄끄럽지 않은 판국에 무턱대고 그들을 추궁했다간 무슨 일이 일어날지 알 수가 없기 때문이다.

　정명관은 화수의 말대로 북한에서 활동하고 있는 북파공작원 10인을 통해 마나카 준페이를 찾기로 했다.

　동해 삼척의 한 산장. 화수는 이곳에서 정보원 막슬란을 만나기로 했다.

그의 곁에는 국정원 북파공작부대장 임성필과 김성중 국방부 차관이 함께 자리했다.

늦은 오후, 세 사람은 아무리 기다려도 나타나지 않는 막슬란을 슬슬 욕하기 시작했다.

"무려 네 시간째 사람을 기다리게 하다니, 정보 제공에 대한 의지가 아예 없는 것 아닙니까?"

"이상하군요. 제 동생들이 알면 죽은 목숨이라는 것을 잘 알 텐데 말입니다."

"흐음."

화수는 벌써 몇 번째 전화기를 들었다 놓았다 하는 것인지 모를 지경이다.

당장 그를 이곳으로 데려오라고 지시하고 싶었지만, 그랬다간 그가 제대로 된 정보를 제공하지 않으면 어쩌나 하고 걱정되었다.

하지만 그 인내심 또한 이젠 바닥을 보이려 했다.

"안 되겠습니다. 정보고 나발이고 놈을 잡아다 족쳐야겠습니다."

"함께하시지요."

바로 그때였다.

부아아아앙!

엄청난 굉음을 울리며 거대한 오토바이 한 대가 산장을 향해 달려왔다.

화수는 그가 바로 로이드가 말한 정보원 막슬란임을 직감했다.

"이제야 온 모양입니다."

"…매너 참 좋은 사람이군요."

"그러게 말입니다."

잠시 후, 막슬란이 산장 문을 열고 들어섰다.

"벌써 와 있었군. 반갑다. 막슬란이라고 한다."

"……"

무려 네 시간이나 늦은 가운데 막슬란이라는 청년은 화수와 두 사람을 행해 다짜고짜 반말을 찍찍 내뱉었다.

생각 같아선 지금 당장 밧줄에 거꾸로 매달아 고문을 하고 싶었지만, 정보 때문에 그럴 수가 없었다.

"…아무튼 반갑습니다. 강화수입니다."

"아아, 그 자영업 하시는 아저씨? 반가워."

이번에 그는 화수의 악수를 무시하고 산장 거실에 있는 소파에 앉아 몸을 기댔다.

"좋군. 뭐 먹을 것 없나? 좀 먹으면서 얘기하도록 하지."

"그럽시다."

화수는 냉장고에서 케이크 하나를 꺼내어 그의 앞에 가져다 놓았다.

하지만 그는 케이크엔 손도 대지 않고 포크를 집어 던졌다.

"에이, 이게 뭐야?! 다시 안 가져와?!"

"…무슨 문제라도?"

"나는 키위케이크가 아니면 먹지 않는단 말이야!"

"키위라……."

이 정도면 아무리 점잖은 사람이라도 화가 머리끝까지 나게 마련이다.

보다 못한 김성중이 한마디 했다.

"사람이 그러는 것 아닙니다. 무려 네 시간이나 기다린 사람에게 지금 뭐 하는 짓입니까?"

"큭큭, 그러게 누가 애써 기다리래? 어차피 난 정보를 주지 않을 거야."

"뭐, 뭐라고요?"

"키위케이크를 먹지 않고선 말하지 않을 것이라고."

순간, 화수는 이성의 끈을 놓고 말았다.

"이 개새끼가 근데……!"

퍼억!

"으헉!"

화수는 아주 빠르게 앞차기를 시전했는데, 아무리 숙달된 태권도 선수라도 그것을 잡아내지 못할 지경이다. 그 발에 턱을 얻어맞은 막슬란은 즉시 뒤로 넘어가고 말았다.

"아이고, 사람 죽네! 정보를 얻어내기 싫은 모양이지?"

아직도 의기양양하게 화수를 보며 이죽거리는 그에게 화수가 말했다.

"그래, 이 새끼야! 정보 다 필요 없다!"

화수는 그의 턱을 벌리더니 앞니를 손가락으로 잡았다.

"뭐, 뭐 하는 거냐?"

"어차피 말하지 않을 것이라니 이는 필요 없겠군. 그러니 뽑아서 기다린 값으로 가지고 가야겠다."

"이, 이런 미친……."

설마하니 맨손으로 사람의 앞니를 뽑는 사람이 존재할까 싶은 그는 이내 마음을 고쳐먹었다.

뚜두둑!

"끄아아아아악!"

"이런 개새끼, 아주 다시는 못 떠들도록 아가리를 다 부숴 버리겠어!"

"죄, 죄송합니다! 저는 그런 뜻이 아니라……."

"시끄러워! 넌 오늘 아주 임자 제대로 만난 줄 알아라!"

화수는 엄지와 검지를 이용해 그의 어금니에 실금을 내버렸다.

빠각!

"으악, 으아아악!"

이에 금이 가면 차마 말로 형언할 수 없을 정도로 엄청난 고통이 밀려든다.

만약 그 안에 찬물이라도 들어간다면 한동안 비명을 지르며 바닥을 데굴데굴 뒹굴 것이다.

화수는 그의 이를 하나 더 부러뜨린 후 그 안에 얼음을 집어넣었다.

"우우우우우욱!"

"처먹어. 어때? 맛있지?"

무표정한 얼굴로 이런 말도 안 되는 고문을 자행하는 화수를 바라보며 임성필이 고개를 가로저었다.

"이야, 대단하시군요. 국정원에서 스카우트하고 싶을 정도입니다."

"아니요. 이건 시작에 불과합니다."

공포로 물든 막슬란의 표정. 하지만 화수는 여전히 아무런 감정이 없는 표정이다.

*   *   *

태어나 난생처음으로 당해보는 고문에 막슬란은 아까부터 연신 화수의 눈치를 살피고 있었다.

"제가 북한으로 들어가 수소문을 해드릴 수는 있습니다만,

돈이 좀…….”

“그런 걱정은 할 필요 없다. 그러니 일을 할 수 있을지 없을지만 결정해라.”

“…하, 하겠습니다.”

“잘 생각했다. 어차피 네가 안 한다고 했으면 턱을 생으로 쪼개 버릴 생각이었거든.”

“꿀꺽!”

도무지 일반인의 상식으론 이해가 가지 않는 화수의 완력에 당한 막슬란은 더 이상 장난을 칠 생각을 하지 못하게 되었다.

“아, 아무튼 제가 북한에서 정보를 빼내면 공작은 누가 하는 겁니까?”

“우리가 알아서 할 것이다. 그건 네가 걱정할 필요 없다.”

“하지만 저쪽에서 정보를 팔아먹은 것을 알면 저 역시 죽은 목숨이라…….”

“신뢰할 수 있는 정보가 필요하다?”

“그, 그런 셈이지요.”

“그럼 이건 어때? 만약 네가 입을 열지 않으면 얼굴뼈를 죄다 일그러뜨리는 것.”

“죄, 죄송합니다! 무조건 하겠습니다!”

조금이라도 몸을 사리려던 그는 이내 모든 것을 포기하고 말았다.

"좋다. 알아보는 데 얼마나 걸리겠나?"

"일주일⋯⋯."

"삼 일 안에 해내라. 알겠나?"

"예, 알겠습니다."

목숨이 걸린 일에 못한다는 소리는 더 이상 나오지 않을 터이다.

화수는 그에게 착수금으로 3천만 원을 건넸다.

"계약금이다. 놈을 찾으면 5천만 원, 우리가 직접 발견하면 1억을 주지. 어떤가?"

"그 정도 금액이라면 충분합니다."

"그래, 그럼 당장 움직여라. 협상은 끝이다."

"예, 알겠습니다."

그가 산장을 나선 후 두 사람은 걱정스러운 표정이다.

"괜찮을까요? 배신이라도 하는 날엔⋯⋯."

"그럴 일 없습니다. 그렇게 되면 제 동생들이 놈을 알아서 처리할 겁니다."

"으음."

조금은 위험하지만 이 방법이 가장 확실할 것이다. 그는 법보다 주먹이 먼저라는 말을 믿어볼 뿐이다.

＊　　　＊　　　＊

비가 추적추적 내리는 밤길.

가로등이 별로 없는 이곳에선 잘못하면 길을 잃을 것만 같다.

후두두두두둑.

겨울로 향하는 길목에 비가 내린다는 것은 둘 중에 하나이다.

올 추위가 조금 시들하든지, 아니면 눈이 상당히 많이 올 것이든지 둘 중 하나이다.

어느 쪽이든 일상적인 일은 아닐 테니 잘못하면 민생에 전혀 도움이 되지 않는 일이 일어날지도 모른다.

빨간색 간판이 걸린 골목의 끄트머리, 한 사내가 비를 그대로 맞으며 서 있다.

사내의 손에는 '풍산개' 라고 쓰인 담배 한 갑이 쥐어져 있다.

"후우."

순백색 연기가 하늘 높이 올라가는 가운데 한 청년이 그를 향해 다가왔다.

"파랑새가 남쪽으로 날면……."

"폭우가 쏟아진다."

"맞군."

두 사람은 빨간색 간판이 걸린 건물 안으로 들어갔다.

끼익.

빨간색 간판은 상당히 눈에 띄긴 하지만 이 근방에는 붉은색이 상당히 흔했다.

이곳은 바로 빨간색의 천국, 바로 북한이기 때문이다.

두 사람은 약 다섯 평 남짓한 실내로 들어와 촛불로 안을 밝혔다.

치익, 화르르륵!

낡은 테이블과 술잔들, 이곳은 아무래도 상당히 오래된 술집인 모양이었다.

그들은 술잔들을 치우고 그곳에 한국산 소주와 오징어 한 마리를 올려놓았다.

그리고 담배를 피우고 있던 사내에게 청년이 경례를 올렸다.

척!

"충성, 근무 중 이상 없습니다."

"쉬어."

"예, 팀장님."

"이곳 일은 할 만한가?"

"조국을 위해서 하는 일에 할 만하고 못하고가 어디 있겠습니까? 그저 충성을 다할 뿐이지요."

"아니, 나는 언제나 팩트를 원하네. 아무리 북파간첩의 인생이 거짓뿐이라고 해도 같은 국민끼린 사실대로 말해야 하지 않겠나?"

이내 경례를 올린 청년이 잔뜩 일그러진 얼굴로 답했다.

"…팩트, 있는 그대로 말하자면 아주 못해먹을 짓이라고 말하고 싶습니다."

"후후, 그래, 보통은 그런 소리가 나와야 정상이지. 이곳은 제정신으로 버티기 참으로 힘든 곳이니까."

이 두 사람은 한국에서 파견된 북파간첩이다.

태생은 남쪽, 하지만 북으로 녹아들어 정보를 빼내기 위해 철저한 교육과 훈련을 받았다.

그리곤 사상 빼곤 거의 모든 것이 북한 사람으로 변하여 북파되었다.

대부분의 간첩은 짧은 시간을 이곳에서 영유하지만, 가끔 임무가 중첩되는 바람에 귀환하지 못하고 발이 묶이는 경우도 있었다.

북파간첩 이영수가 딱 그런 케이스였고, 그에게 가끔 지령을 전달하는 김문수는 그 정반대였다.

그는 북한과 중국을 오가며 생필품을 공수해 오는 장사꾼으로 위장하여 자유롭게 남북을 오갔다.

비록 중국 국적으로 북한에 들어오긴 하지만 그가 이곳에서 돌아다닐 수 없는 곳은 그 어디에도 없었다.

덕분에 그는 북한 이곳저곳을 다니며 한국의 지령을 북파 간첩들에게 전파할 수 있었다.

김문수는 그에게 한국에서 가지고 온 담배와 스마트폰을 건넨다.

"최근까지 사용하고 있던 핸드폰은 규정에 따라 회수하겠다. 앞으로는 이것을 통해 연락을 주고받자고."

"……."

핸드폰을 받은 이영수는 딱딱하게 굳은 얼굴로 말했다.

"집에 갈 수 있다고 말씀하신 지 벌써 4년입니다. 그전에는 3년의 기한을 두고 작전에 투입하라고 말씀하셨고요."

"그래, 분명 그랬지."

"3년 이후엔 딱 한 달만, 그렇게 쌓이고 쌓여서 지금까지 왔습니다. 저에게 뭘 얼마나 더 바라시는 겁니까? 이젠 제가 누구인지도 헷갈립니다."

"하지만 자네가 요직에 앉으면서 제공할 수 있는 정보가 훨씬 많아지지 않았나?"

"…그래도 매일 죽을 수도 있다는 위협 속에서 살아가는 것은 변하지 않았지요."

김문수는 그에게 A4용지 한 장을 건네며 말했다.

"자네, 표창 받았네. 이곳에 있긴 하지만 한국 정부는 자네를 잊은 적 없네. 그러니 조금만 더 힘내라고."

그는 고개를 가로저었다.

"사표를… 수리해 주십시오."

"사표?"

"이제 이 짓, 그만하고 싶습니다. 저도 제 가족의 얼굴을 보고 싶습니다. 이젠… 집으로 돌아가고 싶습니다."

"으음."

고향을 떠나와 타향에서 살아간다는 것은 상당히 고독하고 외로운 일이다.

우방국에서 보내는 하루도 쌓이면 괴로울 지경인데 적대관계인 국가에서 무려 7년을 보냈다면 당연히 제대로 생활할 수 없을 것이다.

김문수는 그에게 사진을 한 장 건넸다.

"이놈만 잡으면 자네는 더 이상 북한에 있을 필요가 없네."

"…그 소리는 저번에도 하셨습니다."

"아니, 이번에는 다르네. 더 이상 자네가 북한에 있으면 안 되는 상황이 되었거든."

"그게 무슨 말씀이십니까?"

김문수는 차분하게 담배를 한 대 더 피우며 말했다.

"자네, 지금 일본에서 내전이 발발한 사실을 알고 있나?"

"물론입니다. 지금 그 사건 때문에 온 세상에 다 떠들썩하지 않습니까?"

"그래, 그 때문에 지금 전 세계가 아주 난리도 아니지. 하지만 지금 국방부는 더 난리도 아니라네."

"으음, 그럴 수도 있겠군요. 일본과는 아무리 별의별 일이 다 있었다고 해도 우방국이니까요."

"아니, 그런 문제가 아닐세. 아무래도 일본 반군과 북한이 관련되어 있는 것 같아."

"예?!"

이영수는 믿을 수 없다는 듯이 고개를 가로저었다.

"아무리 일본 반군이 반민주주의를 표방하고 있다곤 해도 엄연히 전범국가입니다. 한국을 침략하고 식민지까지 세운 그들을 북한이 도와줄 리 없지 않습니까?"

"그거야 표면적인 입장일 뿐이고, 저들은 한 가지 공통점을 가지고 있다네. 그게 무엇인지 아는가?"

"그건……."

"둘 다 한국을 주적으로 생각하고 있다는 것이지. 일본 극우단체는 틈만 나면 한국을 짓밟고 중국으로 진출하느니 마느니 하는 소리를 해댔잖나."

"물론 그랬지요."

"지금은 그 노선을 조금 바꾸어서 민주주의를 표방하는 국가를 모두 적으로 간주하고 있다네. 이를테면 미국이나 한국 같은 곳 말일세."

"그렇다면 이제 중국과는 관계를 회복하려 들겠군요."

"첩보에 의하면 그럴 가능성이 아주 높다고 하더군. 일본은 정확히 제국주의를 표방하지만 근본적으로는 민주주의와 거리가 먼 놈들이니 만약 줄을 댄다면 중국에 가장 먼저 달라붙지 않겠나?"

"흐음."

잠시 생각에 잠겨 있던 이영수가 입을 열었다.

"그런데 이번 작전과 이 남자가 무슨 상관이라는 말입니까?"

"이 남자는 일본 반군의 수뇌부 중 한 사람일세. 마나카 준페이, 일본에서는 장난감 공장 사장으로 살아왔지. 그런데 이자가 얼마 전 부하들을 이끌고 한국 DKI정밀을 습격했다가 실패했다네. K-2A3 12만 정을 탈취하려고 말일세."

여기까지 들은 이영수가 돌아가는 정황을 이해했다는 듯이 말했다.

"…설마 그놈이 북한으로 도망쳤다는 말씀을 하고 싶은 겁니까?"

"그래, 그 설마가 맞네. 놈은 탈취에 실패하고 이수그룹 경호원들에게 쫓겨 도망가다가 결국 NLL을 넘었네. 마치 계획이라도 했다는 듯이 아주 자연스럽게 말일세."

"대담한 놈이거나 북쪽과 친한 사람일 가능성이 높겠군요."

"아마 남쪽으로 도망가기는 어렵고, 그렇다고 동쪽으로 도망가자니 미 함대가 걸렸겠지."

"그래서 북쪽으로 도망갔다는 것이군요."

"보기에 따라선 어쩔 수 없이 북한으로 기수를 돌린 것으로 보이지만, 경호원들의 말에 따르면 한 치의 망설임도 없이 NLL을 건넜다고 했네."

"틀림없이 계획적으로 움직인 것이군요."

"그렇다고 봐야지."

"흐음."

"자네가 만약 이 마나카 준페이라는 놈을 잡으면 남북관계뿐만 아니라 국제 정세가 아주 싸늘하게 변해 버릴 수도 있네. 하지만 아무것도 모른 채 당하는 것보다는 관계 악화가 더 바람직하다고 보네. 자네는 어떤가?"

"당연히 그 말씀이 옳습니다."

"그런 의미에서 이제 자네는 이곳에 그리 오래 머물지 못하게 될 걸세. 관계가 악화되었다가 시일이 더 지나면 사태가 어떻게 돌아갈지 알 수가 없거든."

그제야 이영수는 왜 자신이 이 작전을 마지막으로 삼아야 하는지 알 것 같았다.

"잘못하면 전쟁이 터지겠군요."

"어차피 오래도록 미뤄왔을 뿐 언젠가 한 번은 터져야 할 문제였네. 물론 그 문제가 평화적으로 해결되었으면 좋았겠지만 말이야."

"그러게 말입니다."

김문수는 그에게 약도를 하나 건넨다.

"만약 이 마지막 임무를 맡겠다면 이곳으로 가서 동료들을 만나게. 자네에게 힘이 되어줄 걸세."

"후우."

"어때? 하겠나?"

그는 어렵사리 고개를 끄덕였다.

"좋습니다. 하지요."

"후후, 그래, 잘 선택한 걸세."

"하지만 제가 일을 끝내면 곧바로 한국으로 보내주십시오."

"물론일세."

이영수는 약도를 받아 들곤 이내 술집을 나섰다.

＊　　　＊　　　＊

각계각층의 인사들로 북한 사회와 군부에 녹아든 북파간첩들은 하루에도 몇 번씩 목숨의 위협을 받으며 일했다.

하지만 이들이 그 위험한 일을 하는 것은 그들이 얻은 정보들이 북한의 내부 사정을 파악할 수 있는 가장 좋은 척도가 되기 때문이다.

북파간첩들이 가진 정보력은 한국이 가진 대북 정보의 모든 것이라고 할 수 있었다.

때문에 이들은 한 번 투입되면 한국으로 돌아가기가 상당히 힘들 수밖에 없었다.

이영수와 마찬가지로 평양 인근에서 대북간첩 생활을 하는 네 명의 요원은 약 10년에서 15년 정도 이곳에 있었다고 했다.

그들 역시 이번 작전을 마지막으로 한국행 비행기를 탈 수 있을 것이라며 기쁨을 감추지 못했다.

하지만 만약 마나카 준페이가 북한의 보호를 받고 있다면 일은 상당히 복잡해질 것이다.

북한 내부와 일본 반정부가 내통했다는 정황이 파악되면 북한은 세계적으로 고립될 수밖에 없게 된다.

일본 반정부와 손을 잡았다는 것은 분명한 위법 행위이기 때문이다.

그 고립은 북한을 벼랑 끝으로 내몰 것이고, 결국에는 그들이 남침이라는 초강수를 둘 수도 있었다.

이영수와 공작원들은 김문수의 소개로 원산의 한 시골 마을을 찾았다.

이곳은 북파공작원들이 모여 사는 곳으로, 북한에서 공동 농장을 운영하고 있는 중이다.

사계절 내내 버틸 수 있는 옥수수가 한국에서 조달되기 때문에 이들은 평소에는 이곳에서 생활하지 않았다.

경작에는 참여하지 않고 대부분 공작 활동을 하기 때문이다.

그러니까 이곳에 있는 공작원들은 이곳을 거점으로 사용하고 있을 뿐, 실제로 거주하지 않고 있다는 소리다.

한마디로 북파공작원들은 북한에 월세로 옥수수를 내고 이곳을 거점으로 이용하고 있는 셈이다.

이영수를 포함한 다섯 명의 공작원은 총 20명이나 되는 동료들과 조우했다.

"반갑습니다. 이곳의 책임자 강선주입니다."

"이영수입니다."

북파공작원 거점, 비밀명 둥지라고 부르는 이곳은 지하에 모든 기반 시설을 갖추고 있었다.

무기를 은닉할 수 있는 창고와 탄약을 저장할 수 있는 탄약고는 물론이고, 내부에서 각종 탄약과 수류탄을 제작할 수 있는 공장까지 갖추고 있었다.

만일 북한이 이런 시설의 실체를 파악하게 된다면 가장 먼저 폭파시킬 것이 분명했다.

그런 만큼 이들 역시 하루하루 죽을 각오로 살아가고 있음은 당연했다.

"팀장님께 들었습니다. 일본인을 찾는 임무를 부여받았다고요?"

"예, 그렇습니다."

"으음, 그쪽이라면 해안을 담당하는 부서와 함께하는 편이 좋겠군요."

그녀는 햇빛에 피부가 그을려 이목구비만 간신히 알아볼 정도로 새까매진 공작원들을 소개시켜 주었다.

"북한령 동해에서 조업 활동을 하다가 해군에 잠입한 김윤일 팀장과 그 팀원들입니다. 인사하시죠."

"반갑습니다. 김윤일입니다. 북한에서는 소좌라고 부르지요."

"이영수입니다."

그는 김윤일의 거칠고 투박한 손에서 그간의 노고가 얼마나 컸는지 잘 알 수 있었다.

'나는 배가 부른 소리만 하고 있었구나.'

북한에서 활동하는 북파간첩이 상당히 고단한 생활을 영

유한다는 것은 어쩌면 당연한 일이었다.

그럼에도 불구하고 그는 자신만 유독 불행하다고 생각했던 것이다.

이제 그는 한국으로 돌아가야겠다는 생각을 접고 온전히 임무를 완수해야겠다는 생각을 했다.

그는 주머니에 잘 갈무리하고 있던 사진 한 장을 건넸다.

"이 사람입니다. 북한에서 넘어온 무장단체 수뇌부라고 하더군요."

"으음, 동해안을 통해서 입국했다면 제가 한번 알아볼 수 있겠습니다."

"잘됐군요."

"내일까지 이곳에서 머물고 계십시오. 제가 정보를 가지고 오겠습니다."

"네, 알겠습니다."

뜻밖의 모임으로 정신무장을 다시 하게 된 이영수.

어쩌면 김문수는 일부러 그를 이곳으로 보낸 것인지도 몰랐다.

이유야 어찌 되었든 그는 다시 움직일 이유를 찾게 된 것이다.

*   *   *

김윤일은 함흥의 화도를 통하여 세 명의 남자가 북한으로 들어왔다는 보고서를 탈취했다.

그 보고서에는 새벽 네 시경에 세 명의 사내가 들어왔고, 그 이후에는 청진으로 향했다고 나와 있었다.

그 이후의 동향에 대해선 나와 있는 것이 없어 더 이상의 추측은 어려울 것으로 보였다.

너무나 추상적인 일이 되어버렸지만, 그가 어디로 향했다는 소식을 접한 것만으로도 일이 절반쯤 풀렸다고 볼 수 있었다.

이영수는 네 명의 공작원과 함께 함경북도 청진으로 향했다.

청진으로 향하는 선박을 타고 동해안을 따라 항해하기로 한 그들은 이동하는 동안 작전을 짰다.

"아마도 놈은 고무산 일대에 숨어 있을 가능성이 높습니다. 일단은 그쪽으로 이동하시는 것이 어떻겠습니까?"

"좋습니다. 그럼 고무산에서 일을 시작하기로 하시죠."

이들은 청진에서 숨어 지내기 가장 좋은 고무산을 제1목표로 삼고 수사를 시작하기로 했다.

약 다섯 시간의 항해가 끝나고 난 후, 그들은 청진에 있는 한 선착장에 닿을 수 있었다.

이곳에서는 함경북도에서 활동하고 있는 북파공작원이 그들을 기다리고 있을 예정이다.

이영수는 이곳에 도착하자마자 스마트폰 메신저로 연락을 취했다.

[어디십니까?]

[보입니다. 그곳에서 곧장 북쪽으로 10분가량 걸어오십시오.]

그들은 공작원이 시키는 대로 북쪽으로 난 오솔길을 따라 약 10분가량 걸었다.

그러자 야산의 바위틈에서 그가 모습을 드러냈다.

"이쪽입니다."

공작원들은 그를 따라서 바위틈으로 이동했는데, 이곳에는 약 다섯 평 남짓한 지하 벙커가 설치되어 있었다.

넓진 않지만 한 사람이 생활하는 데는 큰 문제가 없을 것으로 보였다.

아마도 그는 이곳에서 숙식을 해결하고 있던 모양인지 석유난로와 이불 등이 널려 있었다.

"반갑습니다. 즉석식품만 10년째 먹고 있다가 처음으로 동향 사람들을 만났군요."

"10년이요?"

"네, 저는 이곳에서 10년간 혼자서 생활했습니다. 그동안

이곳을 지나는 사람이 거의 없었기 때문에 사람과 대화를 해
본 적이 거의 없지요."

"아아……."

"가끔 바다로 소포 같은 것이 도착하는데, 그것을 통하여
식량과 지령을 전달받습니다. 그것이 제가 하는 일의 모든 것
이지요."

그 역시 극도의 고독과 싸우며 임무에 충실하고 있었던 것
이다.

"아무튼 고무산으로 향할 생각이시라고요?"

"네, 그렇습니다."

"으음, 그렇다면 이 야산 너머에 있는 철도를 따라 이동하
시는 편이 좋겠습니다. 이 위에는 대공초소가 없기 때문에 철
도까지 이동하기 용이합니다."

"그렇군요."

그는 자신이 제작한 지도를 펼쳐 놓고 현재 북한의 상황에
대해서 설명했다.

"함경도는 비교적 군사시설이 적은 편입니다. 대부분 무기
를 실험하기 위한 시설이 집약되어 있기 때문에 침투를 위한
경로는 상당히 많습니다. 하지만 함경선의 분기점이기 때문
에 공안부대의 수색은 상당히 엄격합니다. 아마도 위장 신분
을 준비하여 기차로 잠입하는 편이 좋을 겁니다."

"그렇다면 고무산까진 얼마나 걸리겠습니까?"

"한두 시간 안에 도착할 수 있습니다."

북한의 경우는 남쪽으로 갈수록 군사 지역이 밀집되어 있는데, 그것은 북한 역시 한국과 접경 지역에 가장 많은 군사를 배치했기 때문이다.

후방으로 갈수록 군사 시설이 적고 경계가 허술한 특성이 있었다.

하지만 고무산의 경우엔 중요 시설인 고무산역이 있기 때문에 검문이 심한 편이었다.

이곳에서 수사를 벌이자면 반드시 위장 신분이 필요할 것이다.

"좋습니다. 그럼 나무꾼 신분으로 잠입하는 것으로 합시다."

"그러시죠."

이영수는 공작원들과 함께 고무산행을 시작했다.

*　　　*　　　*

고무산역은 함경선의 중요 철도역으로, 농산물과 목재의 집산지로 불렸다.

그 때문에 고무산에는 북한 군부대가 생각보다 많은 편이었다.

이영수는 원산에서 받아온 위장 신분으로 고무산역을 통과하여 부령군 내부로 잠입하기로 했다.

"잠깐, 신분증 좀 봅시다."

"예."

임업에 종사하는 사람으로 위장한 이영수 일행은 차례대로 신분증을 제시했다.

병사는 신분증을 확인하고는 이내 통과라고 외쳤다.

"통과! 안으로 들어가시오"

"감사합니다."

무사히 1차 검문에서 빠져나온 이영수는 스마트폰이 송출하고 있는 음성 안내를 따라 이동하기 시작했다.

─잠시 후, 왼쪽 방향입니다.

초소형 블루투스 이어폰을 착용한 그는 스마트폰을 통해 음성 안내나 무전을 들을 수 있었다.

이영수는 고무산역을 무사히 빠져나와 적당히 번화한 거리로 나왔다.

"됐습니다. 무사히 빠져나왔어요."

"수고 많았습니다."

이제부터 이들은 뿔뿔이 흩어져 마나카 준페이에 대한 정보를 모으고 다닐 것이다.

이 근방에는 식당도 꽤 많기 때문에 돈만 적당히 찔러주면 마나카 준페이에 대한 소식을 들을 수 있을 터였다.

"빨리 움직입시다."

"그러시죠."

공작원들은 신속하게 사방으로 흩어져 임무를 시작했다.

6장

뜻밖의 사실이
밝혀지다

  DKI정밀은 60㎜ 박격포 이름을 K—45라고 명명하고 신형 고폭탄을 보급하기로 했다.

  일반적인 고폭탄에 기능성 마법을 부여한 고폭탄은 각각 헬파이어, 매직미사일, 라이트닝 스모크가 걸려 있다.

  헬파이어는 직경 25m의 공간을 모두 불바다로 만들 수 있으며, 매직미사일은 공중에서 터져 산탄 효과를 낼 수 있다.

  또한 라이트닝 스모크는 1분간 지속되는 연막탄이 주변의 모든 물체를 감전시키는 기능을 가지고 있다.

  이 고폭탄들이 일본 내전에 투입되면서 제대로 효과를 보고 있었다.

화수는 이에 힘입어 K—46 81㎜ 박격포와 K—60 120㎜ 박격포를 개발했다.

기존 81㎜ 박격포는 인간이 들고 다닐 수 있는 가장 무거운 무기라고 정의되어 있다.

그는 이런 박격포의 패러다임을 바꾸기 위해 박격포의 전격 경량화를 진행하기로 했다.

박격포의 전신을 마나코어 합금으로 바꾸고 구조를 복합구조로 바꾸어 사격이 용이하지만 무게는 가벼워진 박격포를 만든 것이다.

물론 60㎜ 박격포에 비해서 무게는 다소 무거운 것이 사실이지만, 세 명이서 짊어지고 다닌다면 충분히 행군이 가능했다.

기존의 땅을 파 포판을 묻어버리는 방식에서 그는 네 개의 케이블을 이용하여 포신을 지지하도록 사격 방식을 바꾸었다.

또한 자동 조준과 제원 산출, 야간 사격 기능 등을 60㎜와 같이 부여해서 사격통제소와 겨냥대 설치 등의 간접 사격이 필요 없도록 했다.

이렇게 되면 박격포를 하부, 상부, 포신으로 나누어 들고 다닐 수 있게 된다.

분대에는 박격포가 4문, 인원은 총 정원이 14명이 된다.

여기에 운전병을 추가하면 15명이고 소대에서 두 개의 분대를 운용하게 되면 소대장과 선임분대장을 포함해 34명이 한 개 소대가 된다.

총 구성원은 박격포 8문에 차량이 두 대, 여기에 소대원 34명이 전투에 참가하게 되는 셈이다.

이 중에 한 명은 관측으로, 나머지는 각각 무전기로 연락을 해결하게 된다.

박격포의 사거리는 8㎞로 길어졌으며, 유효 살상 범위 또한 25m 제곱미터로 확 넓어졌다.

하지만 기존의 사격 속도와 큰 차이가 없다는 것이 유일한 단점이었다.

화수는 이것을 육군에 전격 보급하는 한편, 120㎜ 박격포에 집중했다.

120㎜ 박격포는 1개 분대가 2문을 운용하게 되는데, 이 두 문은 모두 한 대의 전술용 차량에 탑재된다.

K-556이라고 이름을 붙인 이 전술용 차량은 총 두 칸의 사격대와 그에 딸린 포탄 적재함을 가지고 있다.

포탄의 적재량은 총 100발로, K-551이라고 이름 붙인 초고속 전술 차량이 사단에서 고폭탄 등을 보급하여 조달하게 된다.

120㎜ 박격포는 무게의 경량화를 포기하고 오로지 빠른 사격과 파괴력만을 고려한 기종으로 비교적 구조가 간단하고 손질이 간편했다.

120㎜ 박격포의 유효 살상 범위는 반경 100m로, 연대 병력 이상의 대부대에 사용하기 적합했다.

사거리는 총 15㎞로, 어지간한 야포와 맞먹을 정도이며 정확도 또한 상당히 높았다.

더군다나 전술 차량에 따로 조준 시스템이 구축되기 때문에 보다 정밀한 사격이 가능했다.

이런 전술 차량은 이동하는 도중에 사격이 가능하기 때문에 거의 전차와 비슷한 정도의 위력을 갖는다.

여기에 전술 차량의 속도가 최고 시속 120㎞까지 치솟기 때문에 적은 120㎜ 박격포의 진지를 레이더로 파악한다고 해도 절대 반격이 불가능했다.

더군다나 전술 차량에는 12㎜ 기관총 두 정이 설치되어 120㎜ 박격포의 전술 차량은 거의 움직이는 요새나 다름없어진다.

소대는 이런 박격포를 4문 운영하게 되며, 1개 분대의 병력은 14명으로 구성된다.

포수와 부포수는 탄약수에게서 탄약을 보급받으며, 기관

총을 담당하는 병사들 역시 두 명의 사수와 부사수로 구성된다.

이렇게 구성된 한 조에 무전병이 한 명씩 배속되고 전술 차량 한 대당 관측병이 배속되어 연대와 함께 움직인다.

이 한 대의 차량을 움직이는 운전병과 두 문의 포와 차량을 총괄하는 하사분대장이 배속되면 비로소 한 분대가 된다.

이 두 대의 차량을 지휘하는 상사 이상의 소대장과 중사의 부소대장, 여기에 선임분대장 하사까지 배속되면 한 소대가 완성된다.

소대장과 부소대장, 선임분대장은 운전병 한 명과 무전병, 기관총 사수와 부사수를 포함하여 한 대의 전술 차량을 따로 운용한다.

이 전술 차량에는 분대가 진지를 구축하거나 숙식을 해결하기 위한 군장과 추가 탄약을 싣게 된다.

이렇게 총 세 대의 차량이 한 개의 소대를 이루며 중대에는 전투용 박격포 전술 차량 여섯 대, 탄약 보급을 위한 초고속 전술 차량이 한 대, 중대본부 차량이 한 대 운용된다.

중대본부에는 두 명의 무전병, 관측병, 운전병, 기관총사수, 부사수가 배속되어 움직인다.

이렇게 총원 135명이 한 중대를 이루고, 이런 부대는 연대 직할로 배속되어 보병부대를 지원한다.

화수는 이렇게 구성한 박격포를 실제로 전선에 배치하고 그에 관련한 데이터를 산출할 예정이다.

＊　　　＊　　　＊

박격포의 도입은 즉각적으로 이뤄졌다.

전선에 투입된 부대에 보급할 물량을 만드는 일은 그리 어려운 일이 아니기 때문이다.

화수가 심혈을 기울여 만들어낸 박격포는 총 한 달간 점차적으로 부대에 보급되기 시작했는데, 이 한 달 동안 박격포는 혁혁한 공을 세웠다.

일본 내전 나고야 전선.

육군 59사단 소속 102연대는 쇼나이 강을 건너기 위한 교두보 확보에 총력을 기울이고 있었다.

59사단장 임성관 소장은 오늘 안에 나고야 전선을 기후현 도키시까지 늘릴 계획이었다.

102연대 1대대 소속 2중대, 이곳은 일명 남생이 부대로 불렸다.

남생이 중대라는 별명은 102연대가 고베와 오사카 지역을 탈환하면서 생긴 별명이다.

2중대는 진격은 다소 느린 편이지만 철두철미한 방어 전략과 신속한 후 처치로 인하여 102연대의 방패로 불리게 된다.

연대가 고베, 오사카 지역에 도하할 때 남생이 중대는 단독으로 적의 화공 공세를 막아내며 상륙작전을 성공으로 이끌어냈다.

그때 2중대는 뛰어난 방어력을 인정받아 남생이 중대라는 별명을 얻게 된 것이다.

남생이 중대 120명은 각각 소대로 편성되어 쇼나이강 하류에 자리 잡고 있었다.

중대장 이성준 대위는 이곳에서 대대와 연대의 포격 지원을 기다리고 있는 중이다.

아직까지 포병연대나 여단이 투입되지 않았기 때문에 기다릴 수 있는 것은 박격포의 지원뿐이었다.

그는 전령인 무전병으로 하여금 계속 연락을 시도했다.

"포격 지원을 요청한다."

―좌표를 전달하라.

"입감."

이성준 대위는 전술지도에 나온 지역을 81㎜ 중대에 전달했다.

"좌표 249,245. 이상."

―입감. 바로 지원하겠음.

이윽고 박격포 중대에서 파견한 관측병이 해당 좌표에 대한 제원을 산출하여 중대본부에 전달했다.

잠시 후, 그가 요격을 원한 부지에 무차별 포격이 이어졌다.

피융!

콰앙, 콰앙, 콰앙!

시가지는 단숨에 쑥대밭으로 변해 버렸고, 이성준 대위는 중대원들과 함께 돌격을 시작했다.

"남생이 중대, 돌격!"

─입감. 1소대와 2소대, 3소대가 각각 맡은 방향으로 진행하겠음.

"양호."

그는 중대본부와 1소대를 이끌고 강변을 따라 진격하기 시작했다.

이미 적의 진지는 박격포에 의해 파괴되었고, 그는 다소 손쉽게 적을 사살해 나간다.

퉁퉁퉁!

K─2A3의 정확한 사격 통제가 적의 관자놀이를 관통했다.

서걱!

"크헉!"

"이쪽이다! 화력을 이쪽으로 집중시키고 1소대의 1분대는 좌로 우회한다!"

"예!"

"유영준 소위!"

"예!"

"분대를 지휘하고 측면에서 저격으로 적을 제압하는 동시에 적의 위치를 파악할 수 있도록!"

"알겠습니다!"

중대장이 전방으로 화력을 집중시키는 동안 1소대장 유영준 소위가 1분대를 이끌고 적의 우측을 노리며 들어갔다.

"신속히 돌격한다!"

"예, 소대장님!"

유영준은 특전사에서 중사로 제대하여 25세의 나이로 소위에 임관되었다.

그의 전투 능력과 사격 능력은 타의 추정을 불허했다.

유영준은 적당한 위치에 자리를 잡고 K-14A2를 조준했다.

삐빅, 삐빅!

K-14A2의 열상 장비가 적의 위치를 그에게 알려주었다.

"1분대, 좌측 열두 시 방향에 적 다수, 그리고 우측 세 시에 네 명이다. 일단 엄폐 후 내가 사격하면 그때 따라서 화력을 집중시킬 수 있도록."

—입감.

"중대본부, 정면 한 시 방향에 열 명의 적이 출현했다."

—입감. 한 개 분대가 정면 한 시를 담당하고 나머지는 좌우 측면으로 화력을 분산시킨다.

"양호."

이윽고 유영준은 저격총의 노리쇠를 후방으로 당겼다.

철컥.

"후우."

호흡을 가다듬은 유영준이 이내 개머리판 후방어깨받침에 기대어 조준을 시작했다.

그리고 잠시 후, 그는 벽 뒤에 숨어 있던 적을 향해 관통폭발탄을 발사했다.

퍼엉!

1㎞ 밖에서 날아간 탄환이 벽을 뚫고 그 안에 있는 적을 사살했다.

콰앙!

"크아아악!"

"지금이다! 분대, 사격!"

—입감!

두두두두두두두!

1분대의 모든 화기가 유영준이 정해준 사격통제선에 따라 무차별 사격을 시작했다.

그러자 열상 장비에 나온 빨간색 점이 점차적으로 사라져
갔다.

"우현, 돌파했음."

―입감. 이쪽도 정리되었다. 이제 북쪽으로 진격한다.

"양호."

　유영준은 중대본부를 따라서 계속 북쪽으로 돌진했다.

*　　　*　　　*

　남생이 중대의 전선과 박격포 중대의 정확한 타격으로 나
고야 전선은 기후, 이누야마, 도키시를 잇는 한 개의 선으로
확장되었다.

　한국군은 이곳에 거점을 확보하고 지속적으로 병력을 투
입할 계획이다.

　임성관 소장은 수색대를 파견하는 한편, 적의 보급로를 차
단하기 위하여 연대 직할부대인 120㎜ 박격포 한 개 소대를
투입했다.

　기후현 에나시 보부산역.

　이곳을 지나는 전철역을 중심으로 수색대대 1소대와 3대
대 2중대 1소대, 전투 지원 중대 1소대가 매복 작전을 펴기로
했다.

이곳을 지나는 병력의 규모는 1개 중대 이상. 하지만 이들에겐 120㎜ 박격포가 있었다.

수색대 소대장 김정수 중위는 소대에 편성된 K—14A1의 사수에게 전선의 상황을 물었다.

"적의 병력은 어느 쪽을 경유하고 있나?"

"현재 전철역으로 들어서고 있습니다. 이제 곧 전투가 시작될 것 같습니다."

"좋다."

그는 이내 광학화 장비에 달린 무전기로 소총수 소대와 연락을 시도했다.

"여기는 알파 1, 브라보 1 응답 바람."

—브라고 1, 입감.

"적 병력이 타격 지점으로 들어서고 있다."

—알겠다. 지금 화력을 집중시키도록 하겠다.

"델타 1."

—입감.

"신속한 화력 지원 바람."

—양호. 잠시 대기.

120㎜의 전술 차량 두 대가 이내 관측병을 통해 제원을 하달 받았다.

수색대와 보병부대는 약 500미터 밖에서 적의 타격 상황을 지켜보고 있다.

─목표물 포착했다. 사격 신호를 내리면 즉각 사격하겠다.

"입감."

잠시 후, 김정수 중위가 육안으로 적 병력을 확인하곤 이내 사격 신호를 보냈다.

"발사, 발사해도 좋다."

─양호.

잠시 후, 엄청난 양의 고폭탄이 목표물을 향해 떨어져 내렸다.

펑펑펑펑펑, 쾅쾅쾅쾅쾅!

거의 전철역이 초토화될 정도로 엄청난 물량이 쏟아져 내림에 따라 적 병력은 순식간에 몰살하고 말았다.

또한 그들이 가지고 온 보급품 역시 전진물량 전량이 폐기되었다.

이윽고 수색대와 보병부대는 200미터 전방을 향해 신속하게 움직였다.

"사격 중지, 보병부대가 진입하겠다."

─입감.

"양호. 수고. 대기."

두 개 소대 병력은 아주 신속하고 기민하게 움직여 적에 가장 가깝고도 효력사를 적중시킬 수 있는 거리까지 붙었다.

이윽고 소대에 배속된 두 명의 스나이퍼가 적의 병력 상황에 대해 브리핑했다.

"약 1개 소대 병력이 살아남은 것으로 보입니다."

"좋다. 이대로 화력을 집중시켜 상황을 끝낸다. 브라보 1."

—여기는 브라보 1.

"우리가 퇴로를 차단하면 적을 사살해 주기 바란다."

—양호.

수색대는 적의 측면을 따라 움직였고, 대대병력은 전방으로 포화를 집중시키기 시작했다.

두두두두두두두!

그 소리를 따라서 움직인 수색대는 도주하는 적을 차례대로 주살하기 시작했다.

"적이다! 일본 반군이다!"

"사격하라!"

두두두두두두!

"크헉, 크허어억!"

"빌어먹을 조센징들!"

"족발이 새끼들, 다 죽어라!"

머리에 욱일승천기가 그려진 병력은 하나같이 욕설을 내뱉으며 최후의 결사항전을 펼쳤다.

덕분에 수색대의 병력도 손상을 입었다.

서격!

"크헉!"

적은 기존의 AK소총의 총열을 확장해서 저격총으로 사용하고 있었다.

그 탄환에 맞은 병사는 허벅지가 관통되어 그 자리에서 고통스러운 비명을 내질렀다.

"크아아아아악!"

"위생병, 위생병!"

"저격수! 전방에 적 저격수다!"

―입감. 타깃 포착했다.

수색대 저격수는 신형 K―14 저격총으로 상대를 신속하게 제압했다.

피융!

"크헉!"

―적을 제거했다.

김정수 중위는 부상병을 보호하는 한편, 적의 퇴로를 차단하기 위해 화망을 구축했다.

"부상병 발생, 돌격 지원 바람."

―입감.

그의 구원 무전에 의해 소총수 1개 소대가 적의 전방에서부터 난사를 시작하며 달려왔다.

두두두두두!

"크허억!"

―남은 적은 총 두 명, 부상자는 괜찮나?

"후우, 다행히도 생명에는 지장이 없다."

―다행이군.

그는 전술 차량에게 응급 환자 호송을 요청했다.

―델타 1. 부상자가 발생했다. 신속히…….

바로 그때, 후방에서 전술 차량이 선로를 따라 모습을 드러
냈다.

전술 차량은 전속력으로 달려와 부상자가 있는 곳에 안착
하여 들것을 든 병력을 내보냈다.

"충성, 부상병 호송 왔습니다."

"훗, 벌써 조치하고 있었나?"

"전투 지원 중대 아닙니까? 전투만 지원하는 것이 아닙니
다."

"그래, 고맙다."

전투 지원 중대 병사 두 명은 전술 차량에 환자를 싣고 이
내 연대본부를 향해 전력 질주했다.

남은 두 개 소대는 도보로 연대까지 이동하기로 했다.

"출발하지."

"예, 중위님."

그는 두 개 소대를 이끌고 천천히 후퇴를 시작했다.

*　　　*　　　*

열도전쟁에서 DKI정밀의 무기가 승승장구하는 동안 화수는 미국과 영국에서 수입한 전투기 1,500대를 개조하여 각 부대로 보급했다.

이 전투기는 이제 한반도뿐만 아니라 일본으로 날아가 폭격과 정찰 등 각종 임무를 수행하게 될 것이다.

다행히도 일본 반군이 아직 이지스함을 비롯한 전함을 보유하지 않았기 때문에 공중 지원은 그리 어렵지 않을 것으로 보였다.

화수는 샤넬리아와 함께 핵융합 마나코어를 개발하여 공장에 설치했다.

이 핵융합 마나코어는 핵 발전에서 나오는 에너지와 마나를 융합해서 발전한다.

이것은 추후에 이지스함이나 항공모함을 설계하는 데 아주 중요한 기술이 될 것이다.

전투기 생산 라인이 설치된 태백 공장에 총 열 개의 핵융합 마나코어를 지급했다.

이로 인하여 하루에 총 200대의 전투기를 개조할 수 있게 되었다.

그에 들어가는 인력은 대부분 마나코어로 만들어진 기계 인형들이 담당하게 된다.

치지지지직!

한창 마나 용접이 이뤄지는 현장.

화수는 이곳으로 추가 물량을 가지고 들어섰다.

공장을 총괄하는 찬미가 1,500대의 추가 물량을 바라보며 입을 떡 벌렸다.

"도, 도대체 이 많은 물량은 또 어디서 난 거예요?"

"프랑스와 이탈리아 등지에서 수입했습니다. 개중에는 폭격기도 섞여 있어서 꽤나 재미를 볼 것 같군요."

"으음, 폭격기라……."

"기존의 기술력으로 충분히 개량이 가능하다고 봅니다. 어떻습니까?"

"물론이죠. 맡겨만 주신다면 대부대를 만들어 드리겠어요."

"그럼 믿고 맡기겠습니다."

"네, 사부님."

이윽고 화수는 태백에서 조금 더 아래로 내려가 포항으로 향했다.

*　　　*　　　*

오늘 포항으로 도착할 물건은 미군에서 퇴역한 전함과 순양함들이다.

2차 세계대전 이후로 전함은 점차적으로 사라져 지금은 모두 다 퇴역하고 남은 것이 없었다.

가끔 전시장에서나 볼 수 있는 전함들은 폐기되어 이제는 전선으로 나오지 않는 것이 정설이다.

전투순양함은 지금까지 진보하여 사용되고 있는 전투함선이며, 이지스함이나 항공모함을 제외한다면 가장 강력한 바다 전력이다.

이 순양함 역시 노후한 기종의 경우엔 벌써 퇴역하여 분해를 기다리고 있는 경우가 많았다.

화수는 이 군함들을 경매로 입찰하여 아주 싼값에 가지고 올 수 있었다.

어차피 이것을 가지고 가봐야 골칫거리밖에 되지 않는다고 생각한 미국이나 영국, 러시아 등은 흔쾌히 화수에게 퇴역 함선을 내주었다.

하지만 그것은 화수가 과연 이 함선들에게 무슨 일을 할지 모르기 때문에 그리한 것이다.

화수는 전함을 모두 마나코어로 합금하고 그 안에 들어간 모든 장비를 마나코어 광학화 장비로 바꿀 예정이다.

또한 함포와 어뢰, 장사정포 등을 초고도로 개량하여 바다에선 절대적인 강자로 만들 생각이다.

뿌우우우우우!

경적을 울리며 다가선 30척의 전함과 50척의 순양함이 연안으로 속속들이 들어왔다.

간신히 엔진을 운용시켜 연안에 정박하긴 했지만 이 모든 전함은 더 이상 스스로 운용을 할 수 없을 것이다.

이는 대부분이 2차 세계대전 당시에 사용하던 전함이기 때문인데 사실상 그 커다란 덩치를 제대로 운용할 능력이 없이 때문이다.

하지만 이제 이들은 화수의 손을 거쳐 신형 무기로 탈바꿈할 것이다.

김성중은 화수가 사들인 전함들을 바라보며 연신 고개를 갸웃거렸다.

"이 거대한 고철을 가지고 도대체 뭘 어떻게 하실 생각이십니까?"

"함대를 만들 생각입니다."

"이 고물을 가지고 말입니까?"

"이제 곧 이 고물이 보물로 바뀌게 될 겁니다. 제가 장담하지요."

화수는 국방부에서 지급한 자금을 거의 다 투자하여 연안에 비행기와 전함을 개조할 수 있는 조선소를 건설해 두었다.

이제 그 조선소에서 전대미문의 전함이 탄생하게 될 예정이다.

*　　　*　　　*

전함은 2차 세계대전 당시 해상의 주 전력으로 사용되었는데, 이 당시 해전은 거함, 거포 위주였다.

적을 발견했을 때 되도록 먼 거리에서 함포를 발사하여 무력화시키는 것이 해상의 주요 전략이었다.

이것은 구경이 크고 화력이 높은 포를 장착하도록 만들었다.

그로 인하여 전함은 점점 커지고 포대의 구경 또한 걷잡을 수 없을 정도로 커졌다.

일본의 무사시나 야마토 전함의 경우엔 그 거함, 거포의 절정이라고 말할 수 있었다.

하지만 해상전은 전투기의 등장으로 인하여 그 양상이 180도 바뀌게 되었다. 함대는 전투기 앞에선 거의 무용지물이기 때문이다.

거대한 전함은 한 기의 전투기에도 쩔쩔매는 상황까지 몰리기 때문에 공중 전력에는 거의 무력했다.

이 때문에 전함은 점점 사라져 자취를 감추게 되었다.

요즘은 전함을 대신할 구축함, 이지스함, 항공모함 등이 바다를 지키고 있었다.

화수는 이 무력함을 대신하기 위해 전함을 바다 위의 요새로 만들고, 그 안에 헬리콥터까지 실어서 아예 모함의 역할까지 맡길 생각이다.

그는 오하이오급 전함 이상의 배만 모아서 새로 건조하기로 했다.

그 첫 번째는 바로 모든 부분을 마나코어로 도금하는 과정이었다.

이미 칠과 코팅이 전부 다 벗겨져 사실상 노후화가 끝까지 진행된 전함들이었지만, 마나코어로 도금하면 충분히 그 기능을 다시 찾을 수 있을 것이다.

화수는 이를 위해 새로운 마나 담금질 방법을 고안해 냈다.

그것은 바로 마나코어를 녹인 용액을 배 위에 직접 붓는 것이다.

그런 이후에 마나를 지속적으로 공급하게 되면 마나코어가 쇠를 뚫고 들어가 알아서 합금이 진행된다.

그 이후에는 쇠가 식을 때까지 기다려 거듭 담금질을 시키면 비로소 초강도의 합금이 탄생하는 것이다.

이 합금은 철의 순도를 낮추어 무게를 줄이는 대신 마나코어가 그 빈칸을 채워 강도가 무려 100배까지 올라간다.

이 정도 강도라면 최신형 어뢰에 맞아도 끄떡없으며, 현대전에 사용되는 함포로는 흠집도 내지 못한다.

화수는 총 서른 척의 전함을 늘어놓고 그 위에 기계 인형을 투입시켰다.

끼릭, 끼릭.

총 200대의 기계 인형은 전함 구석구석에 마나코어 용액을 투척하며 돌아다녔다.

스릉, 스릉!

잠시 후, 전함들은 일제히 푸른색 불빛을 뿜어내며 새로운 생명을 얻어갔다.

"으음, 좋군."

"이제 마나만 주입시키면 담금질이 가능하겠어."

샤넬리아는 핵융합 마나코어로 만든 마나전파기를 전함 위에 매달고 마나의 파장을 함 내부로 전파시켰다.

우웅, 우웅!

이 전파는 전함의 내부를 더욱 단단하고 깔끔하게 만들어 나갔다.

마나가 철을 뚫고 들어갈 때 나오는 열은 섭씨 1천 도를 넘나들기 때문에 사람은 그 근처에 있을 수 없었다.

이제 화수와 샤넬리아는 열이 식을 때까지 기다리는 일만

남았다.

총 열 차례의 담금질이 끝나고 난 후 화수는 열이 모두 식은 배에 차곡차곡 마나 신경체계를 구축하기 시작한다.

마나 신경체계는 전함의 중앙에 위치한 핵융합 마나코어에서 전력을 끌어다 사용하게 된다.

핵융합 마나코어는 마나가 핵융합 반응을 일으킨 후 그것을 순환시켜 에너지를 얻어내는 방식이다.

이 모든 것을 실현시키는 에너지의 원천은 바닷물에 녹아 있는 대량의 마나다.

바다에는 농도가 짙은 마나가 다량 함유되어 있다.

화수는 이것을 분해하여 정제할 수 있는 기술을 개발했다.

한마디로 전함은 바닷물이 있는 곳이라면 계속해서 마나를 공급할 수 있다는 뜻이다.

앞으로 화수는 전투기의 연료 역시 이 마나가 섞인 물로 대체하여 운용시킬 생각이다.

마나 신경체계를 구축하고 난 후에는 16인치와 18인치 함포를 개조하여 22인치 마나 융합 함포를 설치할 계획이다.

마나 융합 함포는 함포 자체에 마법진을 설치하여 화약이 든 탄약만 집어넣으면 헬파이어 효과를 낼 수 있다.

또한 각종 원소마법이 걸려 있기 때문에 필요에 따라 다양

한 기능을 낼 수 있게 된다.

화수는 함포를 개조하기 위하여 타워크레인을 사용하기로 했다. 그는 직접 타워크레인으로 함포를 떼어내고 자신이 새로 제작한 함포를 설치했다.

겉면에 함포를 설치하고 나면 그것을 운용할 수 있는 마나 코어와 마나 신경체계를 연결해서 유기적으로 만든다.

그렇게 되면 전투에 유동적으로 반응할 수 있는 함포가 완성되는 것이다.

함포의 사정거리는 무려 120km. 함포에 달린 핵융합 발전기가 스파크 추진기를 돌리기 때문이다.

조준 시스템은 모두 초정밀 광학화 장비가 제어하여 오차범위 2미터 안의 모든 타깃을 제거할 수 있다.

화수는 함포 60문을 각 전함에 설치했다.

이 중에는 사정거리 120km의 22인치 MK포(마나캐논), 16인치 SMK포(스몰마나캐논)이 각각 20문과 40문으로 나뉘어 설치되었다.

그 주변에는 50mm 대공포와 40mm 대공포가 각각 80문, 70문씩 설치되어 총 150문의 대공방어망이 설치되었다.

이 대공방어망은 전투기를 상대하는 데 사용되는데, 50mm 대공포에는 지연신관이 장착되어 있어 화망을 구축할 수 있고, 40mm 대공포에는 유도탄이 달려 있다.

때문에 아무리 초음속의 전투기라곤 해도 함대를 무력화시킬 수 없을 터였다.

여기에 전투기에서 발사된 미사일을 애초에 무력화시키는 마나 EMP 충격파가 시전되기 때문에 미사일 자체가 접근할 수 없었다.

또한 화수는 이지스함의 시스템을 모티브로 미사일 교란 시스템을 구축했다.

여기에 총 150㎞를 커버하는 마나 레이더를 설치했기 때문에 미사일이 1천 발 발사된다고 해도 모두 포착할 수 있었다.

전함은 내부적으로 포착한 미사일을 격추할 수 있는 시스템을 갖추고 있다. 이것은 매직미사일 마법이 부여된 유도미사일이다.

유도미사일은 한번 목표를 잡으면 절대 놓치지 않으며, 오로지 미사일만을 격추하도록 마법이 걸려 있다.

때문에 미사일이 아닌 다른 것은 격추할 수 없지만, 이것은 해전이나 공중전에서 엄청난 우위를 점하게 된다.

한마디로 화수가 만든 전함은 이지스함에 거포를 장착한 초거대 핵융합 이지스함인 셈이다.

아직까지 직접적인 실험을 한 것은 아니지만, 조만간 엄청난 물건이 탄생할 것이 분명했다.

7장

괴물의 등장과 개전

  12월, 이제 열도전쟁은 슬슬 전선이 고착화되어 우방국들의 상륙작전이 가능해졌다.

  이 시점에서 화수는 핵융합 이지스함을 선보였다.

  핵융합 이지스함에는 150기의 헬기가 격납되는데, 이는 기존의 항공모함과 견주어도 전혀 손색이 없었다.

  전함에 설치된 전력만으로도 충분히 공군 전력을 제압할 수 있는데, 헬기까지 동원한다면 절대적인 우위를 점하게 된다.

  화수는 핵융합 이지스함을 '한반도급 함선' 이라고 명명하고 그 첫 번째 전함의 이름을 흑룡함이라고 지었다.

함선이 온통 검은색인 이 흑룡함은 40노트의 시속으로 정지 없이 영구적으로 바다를 영유하며 전투를 치를 것이다.

5만 3천 톤급인 흑룡함은 기존의 이지스함이 가진 능력을 훨씬 상회하는 스마트함을 가졌다.

여기에 기동력이 오히려 구축함보다 훨씬 뛰어나기 때문에 바다의 왕자라는 별명이 붙었다.

화수는 해군의 지원을 받아 흑룡함을 바다 위로 보내 모의 전투를 치를 수 있게 되었다.

임시 전함장으로 취임한 화수는 사령실에서 작전을 지휘하기로 했다.

동해상에서 실시할 훈련은 약 한 시간 정도 진행될 예정이다.

"흑룡함, 최고 시속으로 기동합니다."

"최고 시속으로 기동!"

위이이이이이잉!

마나코어가 만들어낸 부드러운 엔진의 배기 음이 울리며 흑룡함이 40노트, 시속 74㎞의 속도로 바다를 미끄러지듯이 내달린다.

쏴아아아아아!

장교들과 병사들은 이 엄청난 출력에 넋을 잃었다.

"허, 허어!"

"이, 이런 말도 안 되는 출력이 다 있다니……."

무려 한 달, 화수는 자신이 쏟아부은 시간을 모두 보상받은 느낌이다.

'후후, 이제 시작일 뿐이다.'

이제 동해상에 화수가 만들어둔 가상의 적들이 벌 떼처럼 일어나 전함을 향해 달려들었다.

쐐에에에엥!

"전방에 비행 물체 50기, 가상 미사일 100기가 모습을 드러냈습니다! 명령을 내려주십시오!"

"대공 방어망 전개, 대공포를 모두 개방합니다."

"대공 망어망 전개!"

"대공 유도미사일 100문을 모두 개방하고 동쪽으로 회피 기동하면서 사격합니다."

"입감!"

이윽고 흑룡함이 동쪽으로 회피 기동을 실시하며 대공 방어망을 전개했다.

위이이잉, 퍼엉!

무려 150문의 대공포가 개방되며 엄청난 화력을 뿜어냈다.

그리고 그 뒤를 이어 유도미사일 100개가 연달이 사출함에서부터 날아가 미사일을 격추시켰다.

콰앙!

"명중입니다!"

"미사일 100기, 모두 괴멸했습니다! 비행 물체 역시 깔끔하
게 추락했습니다!"

"오오!"

이것만으로도 엄청난 일이건만 화수는 여기서 그치지 않
았다.

동해상에 마련된 무인도, 이곳은 전함에서부터 무려 120㎞
나 떨어져 있었다.

화수는 이곳을 타깃으로 잡았다.

"무인도 1번에 타격 준비합니다."

"타격 준비!"

위이이이잉!

120㎞나 되는 거리를 비행시키자면 탄약에 마나를 주입할
시간이 필요하다.

그동안 배에서는 마나코어 슈퍼컴퓨터가 정밀 조준을 시
작했다.

[조준 완료.]

"발사 준비가 모두 끝났습니다."

"발사."

"발사!"

펑펑펑펑!

22인치 함포가 불을 뿜자 20개의 포신이 분당 발사 속도 60발의 엄청난 속도로 사격을 시작했다.

펑, 철컥, 퍼엉!

"연속으로 사격합니다!"

"계속해서 전진한 후 보조 함포로도 사격합니다."

"기동, 80㎞ 전방으로 접근합니다!"

최고 시속으로 기동하면서 발사한 함포는 약 120㎞를 날아가 약 30초 후에 정확히 목표물에 적중했다.

쾅쾅쾅쾅!

"명중입니다!"

"오오!"

이윽고 최고 시속으로 기동한 흑룡함이 목표물 전방 80㎞ 앞에서 불을 뿜기 시작했다.

펑펑펑펑!

이제는 20초가량 날아간 포탄이 모두 적중하여 목표물을 바다 깊이 수장시켰다.

"명중입니다! 초탄부터 마지막 탄까지 전부 명중입니다!"

이 엄청난 능력을 보여준 화수에게 장병들의 박수가 쏟아졌다.

짝짝짝짝!

"감사합니다."

이제 화수의 이지스 전함이 전장을 지배하게 될 것이다.

*   *   *

북한의 고무산역.

이영수는 마나카 준페이의 흔적을 찾는 데 성공했다.

그는 약 2개월 전, 이곳을 통해 해산시로 이동했다고 정보통은 말했다.

마나카 준페이는 자주 북한을 통해 중국, 일본 등과 왕래했는데 그의 진짜 국적은 북한이라고 했다.

이영수에게 정보를 전달한 사람은 고무산에서 식당을 운영하고 있는 김상희라는 여인이었다.

그녀는 마나카 준페이가 북한군 출신 정보부대장으로, 이곳의 계급은 대좌라고 말했다.

이른 나이에 대좌가 될 만큼 실력이 뛰어난 그는 일본과 북한이 벌인 모종의 거래를 통해 일본으로 건너갔다고 진술했다.

그녀는 이영수가 건네준 미국 달러 백만 장을 받고 자신이 아는 사실을 모두 진술했다.

추가로 신분을 보장해 주고 미국으로 빼돌려 주면 결정적인 진술을 하겠다고 말했다.

이영수는 스마트폰으로 국정원에 이 사실을 알렸고, 그는 하와이 와이키키 해변에 있는 작은 별장을 알아볼 수 있었다.

그는 김상희에게 별장 사진을 보여주며 말했다.

"이것입니다. 부동산 등기부등본은 보시는 바와 같이 모두 준비되었습니다."

"후우, 정말이지요?"

"물론입니다. 만약 마나카 준페이를 찾는다면 당신은 곧장 미국으로 옮겨질 겁니다."

김상희는 결심했다는 듯이 말했다.

"좋아요. 모두 말하죠. 우선 마나카 준페이가 어떤 사람인지 알아야 해요. 마나카 준페이, 그러니까 명진복 대좌는 정보부 출신이지만 북일 교포 3세예요. 북한 고위 관료가 일본에서 낳은 사생아라는 소리죠."

"으음, 그렇군요."

"일본에서 태어나 북한으로 온 그는 어려서부터 특수부대를 양성하는 교장에서 자랐어요. 그래서 살인에 관해선 거의 독보적이라고 할 수 있지요. 그는 오랜 세월 훈련을 받아서가 아니라 그 능력은 아주 타고났어요. 그래서 북한에서도 인정받을 수 있었죠."

"그런 그가 어째서 일본으로 건너가 장난감 공장 사장 행

세를 한 겁니까?'

그녀는 목이 타는지 앞에 있는 물을 한 모금 마신 후 말을 이었다.

"후우, 좀 낫네요."

"천천히 하십시오."

"…고마워요."

김상희는 물 잔을 손가락으로 빙빙 돌리더니 이내 자신의 모든 기억을 상기시켜 냈다.

"그는 일본 극우파의 수장인 마나카 요시히로에게 북일 간첩 제안을 받았어요. 그리고 북한 정부는 그에게 북일 간첩으로 파견될 것을 명령했지요. 그렇게 약 5년간 일본에 머물던 그는 마나카 요시히로에게 또 하나의 제안을 받게 되지요."

"반군의 조직이었던 모양이군요."

"네, 맞아요. 그는 마나카 요시히로에게 반군 조직을 제안했고, 그에 대한 대가로 일본의 한국 공격을 약속 받았지요."

"……!"

한마디로 북한은 일본 반군의 수장과 손을 잡고 한국을 적화통일하려는 목적이었던 것이다.

아마 내전이 가속화되는 동안 북한은 동맹국과의 관계를 굳건히 하고 있을 터였다.

"지금쯤이면 중국과 러시아, 인도까지 열도전쟁에 참여하겠다고 암암리에 선언했을 거예요. 그들 역시 미국과의 관계가 썩 원만하지 않고 이해관계도 꽤나 첨예하게 꼬여 있기 때문이죠."

"그런 말도 안 되는 일이……!"

"그는 지금 한국군 무기를 빼돌리는 것에 실패하고 러시아제 무기를 조달받으러 갔을 거예요. 아마 잡기엔 무리겠지요."

그는 이 엄청난 사실에 대한 증거를 요구했다.

"그렇다면 이 일에 대한 증거를 제시할 수 있겠습니까? 저희도 뭔가 확증이 있어야 할 것 아닙니까?"

"물론이죠."

그녀는 북한 정보부의 직인이 찍힌 자료와 함께 USB를 건네주었다.

"확인해 보세요."

김상희가 건넨 자료에는 명진복에 대한 상세한 신상명세와 군번까지 모두 다 나와 있었다.

그리고 USB에는 그가 정보부장으로 임명되는 동영상이 들어 있었다.

이것은 결코 합성이나 조작으로 볼 수 없는 자료였다.

"허, 허어!"

"어때요? 이 정도면 답이 되었나요?"

명진복의 애인이자 그의 수하이던 그녀는 결국 조국과 애인을 버리기로 했다.

"이제 더 이상 잃을 것도 없어요. 그가 일본과 손을 잡을 때부터 난 그가 싫어졌어요. 그리고 그를 지원하는 북한 또한 지겹네요."

"…그렇군요."

"그를 추격하는 사람들은 언제 보내도 좋아요. 하지만 나는 지금 보내주세요. 언제 죽을지 모르거든요."

"알겠습니다."

이영수는 그녀를 데리고 북한을 빠져나가기로 했다.

*   *   *

강릉 성북회관 지하실.

이영수는 자신이 데리고 온 김상희를 김성중 차관에게 소개시켰다.

그녀가 제시한 증거들을 확인한 그는 다소 경직된 표정을 지었다.

"…이 모든 것이 사실입니까?"

"물론이죠. 저는 목숨을 걸었어요. 거짓을 말할 이유는 그 어디에도 없어요."

"흐음, 이것이 모두 사실이라면 실로 엄청난 일이 벌어지고 있다는 소리나 다름없습니다. 이건⋯⋯."

"전쟁의 시작이지요."

세 사람이 얼굴을 맞대고 있는 바로 그때였다.

쾅!

지하실 문이 열리며 국정원 요원 한 명이 다급하게 모습을 드러냈다.

"차관님! 놈의 위치를 잡아냈습니다!"

"어디라고 하던가?"

"블라디보스토크입니다!"

"연해주?"

"그곳에서 러시아 고위 관계자와 함께 있는 것으로 밝혀졌습니다!"

"설마⋯⋯."

"소식통에 의하면 그곳으로 중국 수뇌부 중 한 명이 도착할 예정이라고 합니다!"

"젠장!"

그녀의 말은 모두 사실이었고, 정말 그는 본격적으로 활동을 시작한 모양이었다.

"어떻게 합니까?"

"별수 없지. 강화수 회장에게 전함을 추가로 주조하라고 전해야지. 전투기도 더 만들고."

"그래도 그것만으로 버틸 수 있겠습니까?"

"후우, 자세한 것은 나도 잘 모르겠네."

급변하는 정세, 이제 그는 강화수라는 히든카드를 믿어볼
뿐이다.

*   *   *

화수는 김성중에게 전투기와 전함의 추가 건조를 주문받
으면서 무려 5조 원의 자금을 전달받았다.

대금을 열도전쟁이 끝나면 받기로 한 화수는 고개를 갸웃
거렸다.

"이게 다 뭡니까? 5조 원이나······."

"이것을 선금으로 받고 앞으로 무제한으로 전함과 전투기
를 생산해 주십시오."

"무제한이요?"

"정세가 급박하게 돌아가고 있습니다."

그는 대통령이 보낸 칙서를 화수에게 전달했다.

칙서에는 마나카 준페이에 대한 정체와 그로 인해 벌어질
일에 대한 글이 적혀 있었다.

모든 것은 아직 벌어지지 않은 추측에 불과하지만, 그것만
으로도 충분히 급박한 상황은 연출되고 있었다.

"으음."

"잘못하면 세계대전이 발발할 수도 있습니다. 이제 우리가 할 수 있는 것은 자금을 총동원해서 국방력을 키우는 일밖에 없습니다."

아무리 돈을 많이 투자한다고 해도 제대로 된 기술이 없으면 국방력 증강은 무용지물이다.

하지만 국방부는 화수라는 엄청난 기술자를 보유했음으로 그곳에 기대를 걸 수밖에 없었다.

이젠 사업이 중요한 것이 아니라 고향 땅을 지키는 문제가 되어버린 것이다.

화수는 김성중이 건넨 돈을 받아서 잘 갈무리했다.

"좋습니다. 이 돈으로 생산 시설을 늘리고 추가 생산을 위한 기반을 모두 갖추어놓도록 하겠습니다."

"감사합니다. 역시 회장님밖에 믿을 사람이 없습니다."

"아닙니다. 저도 한국 사람인 것을요."

앞으로 정세가 어떻게 바뀔지는 몰라도 화수는 더 이상 평화로운 생활을 영유할 수 없다고 생각했다.

'또 전쟁 통에서 살아가겠군.'

화수에겐 익숙한 전쟁이지만, 과연 그의 가족과 직원들은 어떻게 생각할지 모를 일이다.

화수는 김성중에게 몇 가지 조건을 제시했다.

"대신 저도 조건이 몇 개 있습니다."

"말씀하십시오."

"제 식구들, 그러니까 회사 사람들은 전쟁에 동원되지 않도록 해주십시오. 그렇지 않으면 공장이 돌아가지 않습니다."

"물론입니다. 그건 당연한 일이지요."

"또한 제 식구들이 먹고 마실 수 있는 충분한 비상식량을 조달해 주십시오. 이것이 제 조건입니다."

"알겠습니다."

다소 이기적일 수도 있지만 화수가 전력을 보태주지 않으면 한국은 즉시 적화통일이 될 수도 있다.

그는 최소한의 이득을 챙겼음에 안심하고 이제 마도학 무기 생산에 박차를 가하기로 했다.

*　　　*　　　*

열도전쟁이 발발한 지 3개월 후.

한국의 해군력과 공군력은 대한민국 국군 역사상 가장 강력한 상태로 발전하였다.

미국을 비롯한 세계 최고의 군사 강국들은 화수가 개발한 무기를 수입하기 위해 줄을 댔지만 번번이 퇴짜를 맞았다.

지금 한반도를 둘러싼 위협이 극에 달해 있는 상황에서 그것은 말도 안 되는 일이었다.

화수는 해군에 30척을 모두 인양해 주고 그 대금은 추후 전쟁이 끝나는 대로 받기로 했다.

이것은 10분의 1도 안 되는 가격으로 전쟁이 끝나면 일본에게 전쟁 비용을 조달받아 치를 예정이다.

화수는 30척의 전함을 추가로 건조하기로 했고, 현재는 구축함을 전함과 비슷한 구조로 개조하는 중이다.

한국과 화수가 손을 잡고 전력을 극대화해 가는 가운데 열도전선에 돌연 이상 현상이 벌어졌다.

미국과 한국이 잠시 해상 전력을 가다듬는 틈을 타 확인 미상의 부대가 사도가 섬에 거점을 마련한 것이다.

그리고 그곳에서 수송선을 이용하여 일본 반군부대에 무기와 탄약을 지급했다.

어쩌면 당연한 수순이라고 볼 수도 있는 일이지만 세계는 경악에 빠지고 말았다.

일본 반군부대는 무려 10만의 병력을 무장해 한국군과 미군을 동서로 밀어내기 시작했다.

조에쓰에서부터 남쪽으로 밀려 나가노까지 무력화되는 데 걸린 시간은 고작 반나절, 그 이후 마쓰모토와 나고야를 빼앗기는 데 하루가 걸렸다.

한미연합군은 적지 않게 당황했다.

아직 연합군의 투입이 이뤄지지 않은 상황에서 이렇게 많은 전력이 투입될 것이라곤 전혀 상상조차 하지 못한 것이다.

쐐기부대를 비롯한 한국의 다섯 개 사단은 어쩔 수 없이 5만의 육군부대를 후쿠오카까지 후퇴시켰다.

히로시마와 기타큐슈까지 빼앗긴 한국군은 이제 후쿠오카에 거점을 마련하고 부대를 유지시키는 방법밖에 없었다.

하지만 이때 북한은 아주 뜻밖의 입장 표명을 전 세계로 송출했다.

그들은 지금 영국군의 주도하에 소집되고 있는 평화유지군의 동해상 접근을 도발 행위로 지정하고 해군을 남하시키겠다고 선언했다.

이것은 명백한 도발 행위이며 전쟁 행위라고 단언한 것이다.

이에 한국은 대사를 파견하고 협상을 유도하려 했지만 이미 북한의 입장은 완고하기 짝이 없었다.

결국 북한은 함대를 NLL 해상까지 내려 보냈다.

국방부는 동해상에 주둔하고 있던 한반도급 전함 열 척을 급파하고 공군 전력을 전진 배치했다.

극도의 긴장감이 감도는 NLL, 이곳에는 합동참모부의장과 해군참모총장이 직접 현장에 나와 있었다.

화수는 바쁜 와중에도 군사고문으로서 NLL에 함께하길 바란다는 호출을 받았다.

그는 추가 생산을 마도학자들에게 맡겨놓고 흑룡함에 몸을 실었다.

합동참모부의장 전상희 대장은 해군참모총장 영석만 대장과 함께 전선을 거듭 확인하고 있었다.

"NLL을 넘어오는 데 5분도 안 걸릴 것이라고 보고했습니다. 이젠 거의 전면전을 불사하겠다는 뜻으로 보이는군요."

"거참……."

아직까지 군 수뇌부조차 모르는 사실이지만 북한은 이미 사생결단을 내고 일부러 함대를 내려 보낸 것이다.

중국과 러시아가 내려오는데 시간을 충분히 벌어야 할 것이기 때문이다.

다만 미국이 함대를 함부로 러시아 영해로 보내지 못한 것은 모두 유사시의 전쟁법 위반 염려 때문이었다.

만약 그것이 아니었다면 지금 미군 함대는 벌써 러시아 영해로 진격하고 있을지도 몰랐다.

모든 것을 알면서도 가만히 당할 수밖에 없는 것은 모두 유엔이 합법적인 단체이기 때문이다.

화수는 가만히 북한의 이동 경로를 바라보았다.

그러던 중 그는 이지스 전함의 경보 시스템이 불현듯 울린다는 것을 알 수 있었다.

삐비비비비빅!

"미사일입니다! 대공 방어망을 가동시켜야 합니다!"

"뭐, 뭐요?!"

잠시 후, 사령선에 북한이 쏜 대포동미사일이 날아와 적중했다.

쾅!

"크어억!"

"이런 빌어먹을!"

엄청난 타격을 받긴 했지만 전함은 멀쩡하게 다시 재가동을 준비하고 있었다.

화수는 전함을 움직이는 데 사령관의 역량이 중요함을 상기시켰다.

"재빠른 명령 체계가 중요합니다. 만약 이 사령선이 일반 전함이었다면 우리는 모두 다 죽었습니다."

"그, 그렇군요."

"지금 당장 대공 방어망을 치고 반격을 시작하시지요."

"좋습니다."

무려 대지미사일을 맞은 지금, 가만히 앉아서 당하고 있을 수만은 없는 일이었다.

"합참의장으로서 명령한다. 해상 전투를 개전한다."

"예, 알겠습니다! 전 함대, 전투에 들어갑니다!"

위이이이이잉!

이지스 전함 열 척이 각종 전투선과 함께 해상 전투에 돌입했다.

*　　　*　　　*

한국군과 북한군은 선전포고도 없는 해상 전투를 시작했고, 열 척의 이지스 전함이 북한의 함대를 NLL 이북까지 몰아내는 데 걸린 시간은 고작 5분이었다.

그 이후에는 120㎞의 긴 사정거리를 이용하여 북한의 함대를 사냥하고 다닐 수 있었다.

해군의 이런 선전에도 불구하고 일본은 후쿠오카에서 육군을 밀어내 시사보와 나가사키 반도까지 후퇴해야 했다.

그즈음 영국군을 비롯한 15개국 연합군이 동북아시아를 향해 배를 띄웠다.

유엔군은 더 이상 이 사태가 범 아시아적 사태가 아닌 전세계적 사태로 번졌다고 판단한 것이다.

다국적 군대가 태평양을 건널 것이라는 소식이 들리자마자 러시사와 중국은 기다렸다는 듯이 함대를 편성하여 남하를 시작했다.

그리고 북한은 드디어 휴전선에 포병 전력을 집중시키면서 본격적인 전투를 준비했다.

북한과 중국, 러시아 연합군에 인도까지 가입하는 바람에 연합군의 크기는 상상을 초월해 가고 있었다.

　일본 반군은 이미 일본 열도의 대부분을 장악하고 의회를 자신들의 입맛대로 바꾸어 현 총리를 사살했다.

　그리고 자신들만의 괴뢰정부에 일왕을 내세우면서 국민들에게 정통성을 부여했다.

　이제 일본의 정식 정부는 극우파가 되어버렸고, 그들은 3개국 연합군에 속하여 4개국 연합체계를 완성했다.

　군사력 상위 10위 안에 랭크되는 4개국이 합쳐지니, 그 위협은 상상 이상이었다.

　그러던 가운데, 북한은 드디어 꽁꽁 숨기고 있던 야욕의 검은 이빨을 드러냈다.

　새벽 두 시, 북한은 드디어 한국에게 짧은 전선포고를 남기곤 기습 남침을 시도했다.

　남침과 함께 시작된 그들의 선전포고는 방송을 통해 전 세계로 퍼져 나갔다.

　12월 초순, 북한은 휴전선에 집중포화를 시작했다.

　쾅쾅쾅!

　불바다가 되어버린 휴전선, 육군부대들은 재빨리 주둔지에서 나와 거점을 점령했다.

　주민들은 미리 남쪽으로 피신했지만, 여전히 빠져나가지

못한 민간인은 있었다.

육군 특전사 1개 대대는 이들을 안전하게 남쪽으로 피신시키는 한편, 남은 주둔지를 폭파시키며 전선을 고착화시키기로 했다.

혹시나 북한이 휴전선을 넘어 남하할 수도 있다는 우려 때문이었다.

제9공수여단 3대대는 전선을 정리하면서 사단사령부로 무전을 보냈다.

—여기는 9공수여단, 사령부 송신바람.

—송신.

—민간인들은 모두 대피한 것으로 보인다. 이제 폭격을 준비해도 될 것 같다.

—확실한가?

—리스트에 있는 사람들은 모두 피신했다.

국방부에서 가지고 있던 민통선 부근 농민들은 모두 피신했기 때문에 잠정적으로 이곳에 민간인은 존재하지 않는 것으로 집계된다.

사단사령부는 그들의 제안을 받아들이기로 한다.

—알겠다. 휴전선 이북에서 활동하는 수색 병력은 현시간부로 철수할 수 있도록 한다.

—치익, 입감.

—양호.

15사단 사령부는 공군부대에게 폭격지원을 요청한다.

*　　*　　*

개전 세 시간 후, 한국 공군으로 인도되었던 1,500기의 전투기가 날아올라 폭격을 시작했다.

전투기를 조종하는 데 동원된 인력은 민간인과 부사관까지, 비행기를 몰 수 있는 사람들이라면 모두 동원되었다.

—편대, 폭격을 준비한다.

—입감.

—전 병력 모두 스텔스 저소음비행으로 폭격하라.

—양호.

화수가 만든 전투기들은 스텔스기능에 소음이 전혀 없기 때문에 폭격이 시작되고 나서도 그 꼬리를 잡을 수가 없을 것이다.

출격 10분 후, 구 휴전선에 1,500기의 전투기가 내뿜는 엄청난 화력이 집중되었다.

쾅쾅쾅, 퍼엉!

북위 38도선을 넘으려던 북한 육군은 후퇴를 거듭할 수밖에 없었고, 그 안에 있던 병력은 순식간에 괴멸되어 버렸다.

─탄약을 모두 소모한 부대는 후방으로 빠져 재장전한다.

─입감.

공군부대가 지나간 자리에는 연기와 화약 냄새만이 가득할 뿐이었다.

개전이 진행되자마자 이지스 전함대는 동, 서해 동시작전으로 해군을 북한의 북방한계선까지 밀고 올라갔다.

그리고 그 자리에 넓게 자리를 잡고 북한의 영토를 무차별적으로 포격했다.

민간인들은 이미 대피했을 것으로 파악되기 때문에 가능한 행동이었다.

무려 120㎞를 넘나드는 사격범위는 북한의 군사시설을 모두 잿더미로 만들기에 충분했다.

그와 동시에 미군의 항공모함이 동해와 서해상에 모습을 드러냈다.

이것만으로도 충분히 위협이 되고 있었지만, 중국과 러시아의 반격 역시 만만치가 않았다.

중국은 자신들이 지금까지 비밀리에 건조하고 있던 항공모함 세 척을 포함한 모든 해군 전력과 공군 전력을 한반도로 투입시켰다.

여기에 그동안 철저하게 발톱을 숨기고 있었던 러시아가

자신들의 전력을 유감없이 드러냈다.

러시아는 독자적으로 개발한 항공모함 20척에 전투기를 가득 실어서 동해상으로 이동했다.

전 세계는 러시아가 가진 전력에 놀랄 수밖에 없었다.

그 어떤 사람들도 러시아의 구소련 전력이 아직까지 살아 있다고 생각하지 못했기 때문이다.

한반도급 전함들이 항공모함들과 직접 전투를 벌이는 동안, 일본 역시 자국의 이지스함을 이끌고 한반도를 급습했다.

남해상에 주둔하고 있던 미군의 항공모함과 다섯 척의 이지스 전함들이 남아 있긴 했지만, 이 역시 부담이 되었다.

이미 남중국해로 인도의 함대가 턱밑까지 차오른 상태였기 때문이다.

국방부는 이미 평양으로 진격할 수 있는 도로를 모두 확보한 상태였고, 이제 슬슬 진격만을 남겨놓은 상태였다.

하지만 중국의 엄청난 병력과 러시아의 전차부대에 밀려 해주와 고성을 잇는 이른바 금강산 방어선을 칠 수밖에 없었다.

남쪽으로는 일본과 인도, 서쪽과 북쪽으론 중국, 동쪽에서는 러시아가 압박하는 진퇴양난의 위기가 한반도를 찾아온 것이다.

8장
전면전이 벌어지다

12월 5일 새벽 3시.

대한민국에는 계엄령이 선포되었다.

위이이이잉!

―현 시간부로 징집대상자들은 신속히 해당 부대로 집결해 주시기 바랍니다! 다시 한 번 말씀드립니다…….

요란한 사이렌 소리와 함께 본격적인 징집이 시작되었고, 만 18세 이상의 젊은 청년들은 예외 없이 전투 병력으로 동원되었다.

장애인이나 해외동포가 아닌 이상, 거의 모든 청년이 근방에 있는 부대로 징집되었다.

이 중에는 작년에 대학생이 된 갓 스무 살의 청년들부터 40세 이하의 민간인도 있었다.

현재 군부대에서 시행하고 있는 민방위와 예비군 동미참 부대에 속한 인원을 빼면 거의 모든 남자가 전방으로 올려 보내질 예정이다.

군부대에서 보유하고 있던 차량에 관광버스까지 동원하여 시내에 있는 대부분의 젊은이가 징집되었다.

현역군인들은 벌써 전방으로 올라가 전투를 벌이고 있었으며, 포격 소리는 서울시내까지 들릴 정도였다.

우르릉, 콰앙……!

"으으으……."

이제 갓 스무 살이 된 청년들은 포격 소리에 움찔거리며 몸을 떨었다.

그나마 군대를 다녀온 인원들이 조금 낫기는 했지만, 그들역시 얼떨떨한 표정으로 일관하고 있었다.

서울 강북구 제1징집구역 동원을 담당하게 된 정영진 소령은 총 열 대의 버스를 이끌고 충남 논산으로 향하고 있다.

논산훈련소는 원래 전시에 폐기하여 각 지역에서 훈련을 담당하기로 했지만, 이젠 사정이 여의치 않아진 것이었다.

"우리는 지금부터 논산으로 향한다. 그리고 그곳에서 부대를 분류하고 자대배치가 이뤄질 것이다. 기존, 우리 군이 시행했던 훈련과 절차는 잊어라. 지금은 전시다. 불복종시 불이익을 당하는 것이 아니라 즉결심판을 받는다는 점을 잊지 말기 바란다."

그의 결연한 목소리를 들은 몇몇 장병이 숨죽여 울기 시작한다.

"흑흑……."

"어머니……."

대부분의 대학생이나 20대 초반의 젊은이들은 등 따뜻하고 배부르게 살아왔을 것이다.

그런 그들에게 전쟁이란, 결코 받아들이기 쉬운 일이 아니었을 터였다.

이곳 버스에 타고 있던 20대 중반 예비역들이 그들을 지탄하듯 말했다.

"울지 마라. 전방에선 너보다 훨씬 더 꽃다운 나이의 청년들이 죽어 나자빠지고 있다."

"흑흑……."

"울지 말라고 했다!"

퍼억!

"크윽……."

예비군이긴 하지만 이들의 전시 계급은 병장이다.

당연히 이제 막 입대한 병사들보다는 계급이 높은 고참병사라고 할 수 있다.

　"다시 한 번 내 옆에서 울면 훈련소까지 가는 내내 쳐 맞을 줄 알아라."

　"네, 네……."

　"네? 이 새끼가 근데……."

　"죄, 죄송합니다!"

　정영진 소령은 고참병사들의 신병들 교육을 가만히 바라만 보았다.

　인권을 운운하여 신병들을 감싸고돌던 군대는 이제 존속할 수 없기 때문이었다.

　버스는 수도권을 벗어나 고속도로를 달리고 있었고, 정영진 소령은 상부에 현 상황을 보고한다.

　"현재 중부고속도로에 진입했다. 도착시간은 약 1시간 30분 후가 될 것 같다."

　─입감. 신속하게 귀대로 복귀하여 임무를 수행할 수 있도록.

　"양호."

　무전을 끊은 정영진 소령이 가만히 창밖을 바라본다.

　'정말 시작된 모양이군.'

　그는 줄줄이 자신을 따라서 논산으로 향하는 10대의 버스를 바라보며 조용히 눈을 감았다.

* * *

강원, 경기 최전방에서 벌어지고 있는 전선이 대동강을 넘어 남포와 문산에 이르게 되었다.

해안과 인접한 평양은 이미 불바다가 되어버렸지만, 북한군은 수도 평양을 넘겨주지 않기 위해 안간힘을 쓰고 있었다.

평양 공방전에 투입된 육군 제22사단과 67사단, 10사단 병력 3만 5천 명이 평양에 집중포화를 쏟아부었다.

―여기는 98포병여단, 포격 준비 완료되었다.

―입감, 포격 지원을 요청한다.

―양호.

98포병여단과 수도기갑사령부 소속 전차부대가 평양의 시가지에 무차별 포격을 퍼붓고 있었고, 그 후방으로는 헬기모함에서 해병대가 상륙하여 후퇴하는 적병을 처치하고 있었다.

―해병대 1사단, 작전을 시작한다.

―입감. 공군 2사단, 편대을 후방으로 투입하겠다.

―양호.

육해공의 긴밀한 협조하에 이뤄진 평양탈환작전은 아주

성공적으로 이루어졌다.

특전사 제6공수여단은 이 작전의 중심점에 있는 부대라고 할 수 있다.

제6공수여단 2대대 소속 1중대원들은 포격이 끝난 평양시가지로 잠입하여 주요 시설 폭파와 남아 있는 요인 암살에 동원되었다.

중대장 안성일 대위는 12명의 중대원을 데리고 시가지에 잠입했다.

대동강을 타고 모란봉 공원과 김일성 동상이 위치한 평양 북새동에 잠입한 양성일 중대는 신속히 지하 시설로 향한다.

"지금부터 지하 시설로 잠입한다. 요인은 모두 사살이다. 포로는 없다."

"예, 알겠습니다."

12명이 두 갈래로 갈라져 지하 시설로 들어갔고, 탄피와 포탄의 잔재가 가득한 전경이 중대원들의 눈에 들어왔다.

양성일은 지하벙커와 지하통로 역할을 동시에 하기 위해 지어진 지하 시설을 본격적으로 수색하기 시작했다.

"1조, 우측으로 진입하겠다. 2조는 2인 1개조로 조를 나누어 좌측을 수색하도록."

─양호.

지하 시설 우측으로 진입한 양성일은 인원을 세 갈래로 나누어 수색을 진행했다.

봉지동에 위치한 화력발전소를 향해 기민하게 움직이던 그는 이상한 낌새를 느끼곤 파트너에게 위협을 알린다.

"정지. 전방에 적이 출현한 것 같다."

그의 파트너는 특전사 최고의 특등사수인 임성빈 상사다.

임성빈 상사는 아무런 말없이 수색용으로 만들어진 K—14A3를 꺼내 들었다.

소음기가 일체형으로 된 A3모델은 유효사거리 3㎞에 초정밀 광학화장비를 부착하고 있다.

끼릭.

수색용으로 만들어진 총이기 때문에 장전을 하는데 소리가 들리지 않는 것이 가장 큰 장점이다.

버튼식 장전손잡이를 눌러 탄환을 장전한 그는 전방에 있는 네 명의 적을 향해 사격을 시작했다.

핑핑핑핑!

정확히 발사된 네 발의 탄환이 적의 머리에 정확하게 적중했다.

슈각!

"명중, 명중이군."

K—14A3의 가장 큰 장점은 총 30발의 탄환을 쉬지 않고 발사할 수 있다는 것이다.

단발로 발사할 수 있는 최대 발사속도는 초당 2발, 이 정도면 적을 동시에 사살하기 충분한 성능이다.

임성빈 상사는 더 이상의 위협이 없다고 판단한 후, 양성일을 전방으로 보냈다.

"클리어."

"양호."

그는 돌격용 K-1을 들고 신속하게 움직여 추가 전투가 일어날 수 있는 상황인지 확인했다.

하지만 다행히도 적의 추가 행동은 없는 것 같았다.

양성일 대위는 죽어 있던 적에게서 총 네 대의 무전기를 취하여 무전을 훔쳐 들었다.

─치익, 평양을 버리고 평성으로 후퇴한다. 다시 한 번 반복한다…….

"포격을 이기지 못한 모양이군."

이미 대동강으로 진입한 고속정들이 평양시내에 아직도 정밀포격을 퍼붓고 있는 가운데, 그들이 버틸 수 있는 공간은 얼마 없었을 것이다.

이제 그는 지하 시설로 나머지 육군 공병대와 보급부대를 투입시켰다.

"본부, 여기는 델타 1. 지역을 확보했다."

─입감. 수색대와 보급대를 보내겠다. 그곳에서 대기하면

서 유사시에 대비하기 바란다.

"양호."

—수고, 대기.

한 차례 작전을 끝마친 양성일 대위가 죽어버린 시신을 구
석으로 치웠다.

"시신을 구석으로 치우도록 하지."

"예, 알겠습니다."

두 사람은 자신들이 공조하여 죽인 청년들을 구석으로 옮
겼다.

*　　　*　　　*

육군은 평양시내에 있는 지하 시설에 보급로를 마련하고
이곳을 1차 방어선으로 편성했다.

이제 이곳을 따라 강동, 상성, 문천에 이르는 방어선이 구
축되는 것이다.

후방에 있던 군사자원들을 평양으로 집중시키게 되면 대
동강으로 통하여 신속한 보급이 이뤄지기 때문에 더 이상 후
방으로 밀릴 걱정이 없을 터였다.

육군 본부에 소속된 공병대대 3개 사단 규모의 병력들이
평양에 투입되어 군사시설을 복구하고 기지를 재건하기 시작

했다.

서울로 옮겨온 육군본부가 이곳에 설치될 예정이었으며, 공군 병력의 정류장이 이곳에 건설될 예정이다.

이제 거의 모든 전차부대가 이곳으로 모여들었고, 연합군 일부 병력이 내일이면 이곳에 짐을 풀 것이다.

평양의 군사수도화 작업을 총괄하게 된 이용석 중장은 북한의 풍부한 원자재를 총동원해서 작업을 진행했다.

특히나 북한의 군사령부가 있던 시설들은 이제 모두 창고화되어 격납고가 될 것이다.

육군본부의 지침은 이곳에 있는 숙박시설과 식당, 편의 시설은 모두 막사와 식당으로 사용된다.

그리고 남은 모든 시설은 전부 격납고나 방어 시설로 개조하여 사용하기로 했다.

병사들이나 장교들의 편의를 위한 시설은 일단 배재하고 전진기지를 먼저 구축한다는 것이 핵심이었다.

이미 평양 시내에 있던 주민들은 벌써 북으로 피난을 갔기 때문에 작업은 상당히 수월한 편이었다.

하지만 아직까지 빨치산들이 일부 남아 있어 가끔 게릴라전을 유도했다.

건설이 이제 80%가량 이뤄진 가운데 평양 중심지 서부에 위치한 미림역에서 발생한 폭탄게릴라로 인하여 육군 수색대 병력 1개 중대가 괴멸되는 사고가 일어났다.

특전사 1개 지역대가 출동하여 미림역을 포함은 네 개 역에 거주하고 있던 빨치산들을 모두 토벌했지만, 아직까지 인근 지역의 긴장감은 유지되었다.

군사수도인 평양으로 거처를 옮긴 김성중 국방부 차관은 이들 병사들에게 1계급 특진의 영예를 주고 대전에 있는 국립 현충원으로 시신을 옮기도록 조치했다.

국지 전투로 죽어가고 있는 병력이 많았지만 특히나 군사수도가 될 지역의 사기가 떨어지면 안 된다는 판단 때문이었다.

"탄알 일발 장전!"

철컥!

"발사!"

타앙!

예포를 발사하는 것으로 간단히 장례까지 치러준 김성중 차관은 직접 관에 국화까지 놓아주었다.

그리곤 약 20명의 병력이 그들의 관을 향해 묵념했다.

"일동, 묵념."

간략하게 장례를 치른 그는 현충원까지 1개 중대 병력이 호위하도록 지시했다.

또한 그곳에 도착한 중대 병력은 계속해서 전사자를 처리하도록 했다.

"…쓸쓸하군."

젊은 날에 비명횡사한 목숨들이 한둘은 아니겠지만, 그는 특히나 오늘 죽어간 목숨들을 아까운 눈으로 바라봤다.

따르르릉.

그가 찰나의 망중한에 빠져 있을 때, 한 통의 전화가 울렸다.

"김성중입니다."

―충성, 제1수도방위사령부 정용민 대령입니다.

"그래요, 무슨 일입니까?"

―그곳의 작업 상황을 조금 빨리 앞당겨 달라는 장관님의 지시입니다.

"안 그래도 최선을 다 하고 있습니다. 조금만 기다려 달라고 전해주십시오."

―그게……. 지금 남쪽에서 일본과 인도 연합군이 제주도를 점령했다고 합니다.

"제주도를?!"

―남해 함대가 정박하고 있는 사이, 특수부대 1천 명이 침투하여 거점을 점령했다고 합니다. 지금 제주도 수복 작전을 펼칠 예정이니, 군사수도를 되도록 빨리 완성해야 할 것 같답니다.

"으음, 상황이 썩 좋지는 않군요."

현재 한국은 미 함대의 포격 지원을 제대로 받지 못한 상태에서 4개국 연합군의 샌드위치 포격을 받고 있었다.

이지스 전함 30척과 2,000기의 개조전투기 덕분에 근근이 버티고는 있지만, 언제 방어선이 무너질지는 확실치 않았다.]

"연합군 육군부대는 내일 상륙하기로 했습니다. 그건 어떻게 됩니까?"

─아무래도 작전이 연기될 것 같습니다. 서해상에서도 지금 계속해서 교전이 일어나고 있으니까요.

"흐음⋯⋯. 엄청난 난전이군요."

─어쩔 수 없습니다. 혼란한 시기에 정신을 바짝 차릴 수밖에요.

"그래요. 일단 잘 알겠습니다. 최선을 다한다고 장관님께 전해주세요."

─예, 알겠습니다. 아참, 그리고 좋은 소식이 하나 생겼습니다.

"좋은 소식이요?"

─강화수 회장이 신형 야포와 장사정포를 개발했답니다.

답답한 감성이 섞여 있던 그의 표정이 화수의 소식 하나로 확 펴졌다.

"오오, 그래요?"

─현재 육군에서 사용하고 있던 포신은 전부 회수하여 개량 중에 있으며, 새로운 포가 지급되었습니다.

"성능은 어떤가요?"

─남부 전선에서 사용 중인데, 6인치 야포의 경우엔 사정거리가 무려 150㎞나 나옵니다. 화력은 일전의 두 배, 연속사격을 할 경우에도 기능 고장이 없다고 보고되었습니다.

"듣던 중 반가운 소리군요."

─덕분에 남부전선이 활기를 찾고 있는 것 같습니다. 천만다행이지요.

"그래요, 그렇겠군요."

─아무튼, 저는 계속 근무하겠습니다.

"그래요."

─충성!

"충성."

전화를 끊은 김성중이 화수의 얼굴을 떠올렸다.

"유일한 희망으로 떠올랐군."

이제 그가 없는 한국군은 절대 상상조차 할 수 없을 지경이다.

*   *   *

한국의 야포, 그러니까 견인포와 자주포는 북한의 전력에 비해 조금 떨어지는 편이다.

북한이 70년대부터 포병의 자주화를 꾀하여 왔다면, 한국은 90년대에 들어서야 자주화를 실현했다.

덕분에 북한에는 자주포와 자주방사정포가 다수 배치되어 있어 유사시에는 수도 서울을 포격할 수 있는 능력을 갖추고 있었다.

그런 북한이 서서히 전선을 잃고 후퇴할 수밖에 없었던 것은 해상 전력과 공중 전력의 열세 때문이었다.

한국군은 화수가 지원한 30척의 이지스 전함과 약 2,000기의 스마트 전투기를 보유하고 있어 포병 전력의 열세를 유기적으로 극복한 것이었다.

하지만 중국과 러시아의 해상 전력 투입으로 인하여 이지스전함은 더 이상 지상 전력 괴멸에 힘을 쏟을 수 없는 실정이었다.

이에 화수는 포병 전력의 추가가 절실하다는 것을 깨닫게 되었다.

그는 현재 한국군이 사용하고 있는 K—9자주포를 그대로 운용하는 한편, 한국의 주력 견인포인 M—114를 개량하여 한국형으로 바꾸었다.

현재 육군 포병의 주전력인 155㎜ 견인포의 경우엔 사정거리가 22㎞, 연장포탄의 경우엔 32㎞로 늘어난다.

화수는 이 견인포의 패러다임을 아예 바꿔 버리기로 했다.

최대사거리를 150㎞까지 늘리고 155㎜ 포탄을 그대로 사용하여 남은 잔탄을 모두 소모하기로 한 것이다.

또한, 엄청난 노동력을 필요로 하는 견인포의 구조 자체를 바꾸어 반자동으로 변경한 것이다.

남부전선, 화수가 새롭게 만들어낸 K-110 견인포가 일본군과 인도군 병력을 밀어내고 있었다.

한국의 남부전선은 후쿠오카 지역으로, 한국은 이곳까지 전선을 넓혀 연합군을 기다리는 전략을 사용하고 있었던 것이다.

이제 후쿠오카 지역을 온전히 점령하면 남부사령부에 결속시킬 예정이다.

이미 일본의 정부는 완전히 제국주의로 돌아섰기 때문에 앞으로 한국은 후쿠오카를 점령하여 자국의 영토로 귀속시킬 수 있을 것이다.

일본의 요청을 통하여 참전했지만, 그들의 침략 행위로 인해 제주도가 점령당했기 때문이다.

전쟁법상, 일본과 한국은 이미 전쟁을 시작한 것으로 간주된다.

그렇기에 양쪽 중 어느 한 곳이 항복하게 되면 그 영토는 승전국의 것이 된다.

유엔군이나 미군에서 한국의 영토 확장을 반대할 수 있는 근거는 없기 때문에 한국은 지금 양날의 검을 들고 전쟁을 치르고 있는 것이나 마찬가지다.

무력남침으로 본격화된 전쟁에서 승전한다면 광활한 영토를 가질 수 있을 것이고, 그렇지 않다면 속국이 되어 살아갈 수밖에 없다.

한마디로 한국은 지금 죽기 아니면 살기로 싸울 수밖에 없는 상황인 것이다.

대한해협 군도인 무코야마산에 포대를 설치하여 후쿠오카를 타격한 한국군은 주도를 탈환하는 데 성공했다.

이제 이곳은 제주도와 함께 한국의 남부사령부가 관할하여 반격을 준비하게 된다.

이곳에 배속된 육군전력은 약 5만, 해군의 전력은 이지스 전함 3척이 이끄는 함대가 배속되었다.

그리고 공중 전력으로 전투기 250대가 배속되어 전후방을 지원하게 된다.

당분간 한국군은 이곳에 주둔지를 펼치고 농성하다 연합군이 상륙하면 본격적인 반격을 펼치기로 했다.

이제 남은 것은 제주도 탈환, 한국군은 이곳에 공중 전력

600기를 투입시키는 한편, 이지스 전함 세 척을 추가로 파견했다.

적의 주요군사시설이 있는 곳을 집중 타격하여 재탈환하는 것이 그 목표였다.

서귀포와 제주시를 동시에 아우르는 이 작전으로 인하여 일본군은 괴멸할 것이 분명했다.

작전의 총지휘를 맡은 장성광 대장은 이지스 전함에 올라 작전을 총괄한다.

"육군전력은 이미 상륙 준비를 마쳤습니다."

"공중 전력은?"

"포격 완료 4분 전입니다."

"해군의 공조는 어떻게 진행되고 있나?"

"사격 대기입니다. 공중 전력이 집중포화를 퍼부으면 본격적으로 사격을 개시할 겁니다."

"후우, 그렇군."

장성광 대장은 실전 경험을 두루 쌓은 유능한 지휘관이지만, 이번 작전에 대한 부담감은 이루 말할 수가 없었다.

지금 북쪽에서 러시아와 중국 함대가 서서히 한국을 압박하여 북한해군의 기를 살려주고 있었기 때문이다.

'할 수 있다……'

이 신념 하나로 지금까지 살아온 그는 눈을 번쩍 떴다.

"포격 10초 전입니다. 9, 8, 7……."

잠시 후, 공군의 포격이 시작된다.

콰과과과광!

엄청난 양의 폭탄이 제주도 외곽을 불바다로 만들어버렸고, 일본군과 인도군은 혼비백산하여 전투기를 상대하기에 바쁘다.

이제 남은 것은 해상 전력으로 압박하면서 육군을 상륙시키는 것이다.

"해군 전력, 포격을 시작한다."

"예, 알겠습니다!"

"해상 전력, 최대 발사속도로 포격을 시작합니다."

위이이잉, 퍼엉!

함포가 불을 뿜었고, 그 포탄은 2차 포격으로 적의 기지를 초토화시켰다.

이 역시 한국군의 거점을 흩뜨리는 일이기 때문에 추후에 꽤 오랜 시간을 들여 복구해야 한다.

하지만 지금은 그런 자잘한 것을 신경 쓸 겨를이 없었다.

약 30분 후, 그는 슬슬 헬기를 띄워 지상 병력을 투입시켰다.

"사주방위를 모두 이용하여 상륙을 전개시킨다."

그는 자신의 앞에 있는 수기 상황판에 연필로 지역을 표기

했다.

"제주의 남부와 북부에 특전사 병력을 투입시키고 동부와 서부에 해병대 수색대를 파견한다."

"예, 알겠습니다."

"그 이후에는 육군 전력을 죄다 투입시켜 거점을 잡도록."

"예, 장군."

이제 남은 것은 작전이 제대로 끝나기만을 기다리는 일뿐이다.

*   *   *

한국의 최전방이 포격을 받아 약 3천의 병력이 사망하긴 했지만, 한국은 남부로 후쿠오카까지 전선을 넓히고 제주도까지 재탈환했다.

제주도 탈환작전은 무사히 성공했고, 한국군은 제주도를 본격 요새화시키기로 했다.

북으로는 평양을 점령하여 북진의 기틀을 마련했고, 서해와 동해는 꽤나 단단하게 방비하는 중이다.

하지만 이것은 본격적인 전란에 대비하기 위한 기틀일 뿐이었다.

현재 러시아 함대는 약 50척의 구축함과 10척의 항공모함을 이용하여 동해를 압박하고 있었다.

한국의 해상 전력은 모두 뿔뿔이 흩어져 있기 때문에 아무리 이지스 전함이라고 해도 후퇴를 거듭할 수밖에 없었다.

동해 제1함대에 소속된 세 척의 이지스 전함이 러시아 함대와 조우하여 후퇴를 거듭했다.

쾅쾅쾅쾅!

―젠장! 후퇴, 후퇴한다! 공중 전력의 지원은 아직인가?!

―제4비행여단이 투입될 예정이다. 예상 시간은 약 3분이다.

―3분! 그 안에 우리는 모두 통구이가 될 판이다!

―어쩔 수 없다. 결사항전을 해보는 수밖에.

―이런……!

제1함대 사령부 이지스 전함을 총괄하는 이영춘 중장은 최대한 지상 전력과 동조하여 적을 괴멸시키고 있었다.

"삼척 제3포대에서 지상 전력 보충입니다!"

"함대를 쐐기 진영으로 바꾸어 빠르게 남하한다! 그리고 그 후미를 포대가 타격하여 적을 괴멸한다!"

"예, 알겠습니다! 포대에 연락합니다!"

"지금, 지금이다! 전력으로 돌진!"

"전력으로 돌진합니다!"

우우우우우웅!

마나코어가 만들어낸 푸른색 물결이 바닷물과 함께 넘실 거리며 함대가 남쪽으로 남하하기 시작했다.

그리고 그 뒤를 이어 엄청난 양의 미사일이 비 오듯 떨어져 내렸다.

위잉, 쾅쾅쾅쾅!

쿠웅!

"크윽!"

"한 발 맞았습니다!"

"젠장! 피해 상황은?!"

"후미 강판이 손상을 입었습니다! 손상률 50%입니다!"

"이래선 괴물 같은 맷집도 소용없겠군!"

이지스 전함의 맷집은 세계 최고라고 알려져 있지만, 이렇게 엄청난 타격을 맞고도 폭발하지 않는다는 소리는 아니다.

그나마 지금까지 버틴 것이 용할 지경이다.

이제 얼마 지나지 않으면 배가 침몰할 위기에 놓일지도 몰랐다.

"계속해서 돌진한다!"

"예, 알겠습니다!"

제1함대가 울진 근처까지 후퇴했을 때, 삼척 제3포대가 불을 뿜었다.

쿠쿠쿠쿵, 콰앙!

"포대 사격이 적중했습니다!"

"항모 한 척, 기동 불능입니다!"

"그렇지!"

아직 한국은 정식 항공모함이 존재하지 않았다.

하지만 공중 전력의 기동 범위가 1만 km 이상이기 때문이 포격을 퍼붓는다면 충분히 작전을 성공시킬 수 있었다.

"장군, 측방에서 아군의 지원입니다!"

"오오, 살았군!"

SF—15K 200기가 동해상에 나타난 적을 괴멸시키기 위해 날아들었다.

―목표물 식별했다. 아군은 지금 즉시 포항 함대기지까지 전력을 다해 이동할 수 있도록.

―입감.

이제 제1함대 소속 이지스 전함들은 화수가 있는 포항 함대기지까지 후퇴했다가 재정비를 거치고 다시 반격할 준비를 할 것이다.

제3항공여단은 전력을 다해 적의 항공모함을 타격했다.

피융, 콰앙!

―모함을 타격하여 성공했다.

하지만 모함을 타격했다고 해서 그 안에 있는 전투기까지 불능이 된 것은 아니었다.

─전방에 적기 출현! 숫자가 너무 많다!

─이런 빌어먹을!

─EMP 탄막을 펼친다!

─라져!

마나 충격파가 퍼지게 되면 적기는 모두 불능이 되어 떨어져 내릴 것이다.

하지만 그렇게 되면 타격 활동을 할 수 없기 때문에 적 함대가 내뿜는 함포에 맞아 떨어질 확률이 높아진다.

그래도 전멸하는 것보다는 훨씬 나은 선택이 될 것이다.

두두두두두두!

─적의 기관포가 날아온다!

─제기랄, 제1편대, 두 기를 잃었다!

─아직, 아직 아니다! 조금만 더 버틴다!

─라져!

순식간에 20기의 전투기가 떨어져 내렸지만 항공여단은 적을 피해 조금씩 회피 기동을 펼쳤다.

그렇게 약 30초, 드디어 그들은 배수의 진을 쳤다.

─EMP 전개!

빠지지지지직!

치치치치칙, 콰앙!

─효과적이다! 적기가 모두 떨어져 내린다!

―성공이군!

모함은 이제 전력을 잃어 잠시 멈추어 섰고, 동해안에 줄을 지어 늘어선 야포들이 적에게 포화를 퍼부었다.

―무차별 폭격을 퍼붓겠다. 편대는 모두 회항할 수 있도록.

―라져.

러시아의 전력은 이제 곧 다시 전열을 가다듬고 반격을 시작할 것이다.

적을 간신히 막아내긴 했지만 여전히 한반도는 풍전등화나 다름없었다.

*   *   *

점점 전황이 한국을 압박해 오면 올수록 화수는 결정적인 무력이 존재해야 한다고 생각했다.

그리고 그 생각은 해병대 전력을 모두 새롭게 무장시키는 것에 미쳤다.

기존의 기계 인형 안에 사람을 집어넣고 스마트 시스템을 도입해 움직이는 강판 덩어리를 만드는 것이다.

화수는 마도학자들과 함께 프로젝트명 '슈퍼마린' 프로젝트에 돌입했다.

슈퍼마린은 고도로 훈련된 수색대원들에게 슈퍼슈트를 지급하여 전세를 역전시킨다는 것에 의미가 있었다.

우선 화수는 슈퍼마린 프로젝트에 사용될 마나코어와 마나 신경체계 구축에 나섰다.

"가슴과 머리에 총 두 개의 마나코어가 장착됩니다. 그렇게 되면 상부와 하부를 모두 관장할 수 있지요. 또한 머리가 스마트 시스템을 구동시키기 때문에 전력 공급이 모자랄 일은 없을 겁니다."

"으음."

샤넬리아는 슈퍼마린이 전장에 도입되려면 가장 큰 문제가 있다고 지적했다.

"지금까지 우리가 만든 기계 인형은 모두 마나코어가 제어하고 술자와 페어링하여 움직였어. 그렇다면 이 슈퍼마린이 유기적으로 움직이려면 마도병기화가 되어야 한다는 소리다. 해병대를 모두 마도병기로 만들어버릴 생각인가?"

화수는 한 차례 마도병기를 보급했다가 인류가 무감정한 살상자들을 맞이하는 비극을 연출해 냈다.

전쟁이 끝나면 대한민국을 다시 재건해야 할 젊은이들을 마도병기로 만드는 일은 상당히 껄끄러운 일이다.

화수는 고개를 가로저었다.

"당연히 아니다. 나는 이들에게 슈퍼슈트와 연동되는 마나코어를 지급할 것이다. 그리고 이것은 뇌파로 조종될 것이다."

"뇌파라……. 그런 방법이 있었군."

"어차피 뇌와 심장에 이식되어 사용될 마나코어라면 뇌파로도 충분히 연동이 가능할 것이다."

"그래, 그건 그렇겠군."

"물론 쉽지는 않겠지. 하지만 이것만 완성하면 우리가 한반도를 잃을 위험에서 벗어날 수 있다."

"확실히 그렇군."

샤넬리아가 겪은 세계대전은 유럽은 물론이고 지구 전체를 불바다로 만들고 곳곳이 폐허로 변해 버렸다.

지금 막 발발한 세계대전이 한반도와 일본 열도 전투에서 벗어난다면 또다시 그와 같은 상황이 반복될 것이다.

그는 그전에 전쟁을 끝내고 평화를 되찾을 방법을 궁리하기 시작한 것이었다.

"지금부터 우리는 스마트 슈트를 개발하는 한편, 공중 전력을 보강해야 합니다. 좋은 의견 있습니까?"

화수의 질문에 베네노아가 자신이 개발한 드론의 중앙제어장치를 내밀었다.

"제가 생각한 것이 과연 옳을지 모르겠습니다만, 드론을 제어할 수 있다면 공중전에서 충분히 승리할 수 있을 겁니다."

"드론……."

"지금은 이렇게 작은 드론입니다만, 만약 이것이 마나 신경체계로 엮여 유기적으로 움직인다면 모선을 만들 수도 있습니다."

"드론 모선이라?!"

그가 제안한 방법은 상당히 혁신적인 이론이라고 할 수 있었다.

"모선에 핵융합 마나코어를 설치하고 드론을 유기적으로 움직일 수 있는 시스템을 설치합니다. 그렇게 되면 드론을 싣고 다니면서 전투에서 아주 높은 고지를 점하게 되겠지요. 물론 인력이 직접 전투에 투입되지 않으니 피해도 적을 겁니다."

화수는 무릎을 쳤다.

"그래요! 바로 그겁니다! 그 생각대로 된다면… 우리는 전쟁에서 분명히 이길 수 있어요!"

지금 한반도에 모인 젊은이의 숫자는 약 200만가량이다.

하지만 사방으로 퍼져 나가 악전고투를 하고 있기 때문에 언제 그 숫자가 줄어들지 알 수 없다.

또한 중국의 인해전술이 다시 한 번 빛을 발한다면 반드시 평양전선은 무너지고 말 것이다.

화수는 그전에 뭔가 돌파구를 만들어내기로 했다.

"지금부터 우리는 밤낮으로 연구에 돌입합니다. 그리고 한 시라도 빨리 이 모든 것을 개발해 내야 합니다."

"알겠습니다."

이제 화수의 고향은 그들의 고향, 이들은 이제 자신들의 재능을 아낌없이 한국전쟁에 바칠 것이다.

이윽고 그는 서해에서 진행되고 있던 헬기모함 잠수함에 대하여 물었다.

"잠수모함은 어떻게 되었습니까?"

"이미 출격 준비를 마친 것으로 압니다."

화수는 헬기 150대를 싣고 다니면서 포격까지 퍼부을 수 있는 초대형 잠수함을 개발했다.

지금 그 잠수함은 약 다섯 대가량 수주되어 전장에 투입될 예정이다.

"좋습니다. 그럼 그쪽은 찬미 씨가 맡아서 끝까지 책임져 주십시오."

"알겠습니다."

전쟁의 판도를 바꿀 대단한 물건이 서해로 향하고 있었다.

*   *   *

한국 해상 서부전선.

이곳의 상황은 동해안보다 훨씬 더 긴박하게 돌아가고 있었다.

북한과 중국의 함대가 물밀 듯이 밀고 내려와 제2함대를 압박하고 있기 때문이다.

하지만 중요한 것은 중국의 구축함들이 항공모함을 호위하여 내려오고 있었는데, 그 숫자가 무려 한국군의 열 배가 넘었다.

단둥에서부터 시작된 해전은 신미도를 거쳐 영리 앞바다까지 한국군을 밀어내고 있었다.

쾅쾅쾅!

제2함대사령관 정명춘 소장은 점점 밀려오는 함대를 피해 남하를 거듭했다.

"사령관님, 우측 두 개 편대가 추가로 침몰했습니다!"

"젠장!"

"추가로 포격이 이어집니다!"

속수무책으로 순양함과 구축함을 잃은 정명춘은 계속해서 공중 전력의 지원을 요청했다.

"아직 비행전단의 도착은 멀었나?!"

"약 20분 정도 걸린다고 합니다!"

"제기랄!"

이런 상황에서 20분이나 전투를 계속하게 된다면 전함이 남아나지 않을 것이다.

그렇다고 더 이상 물러나게 되면 평양이 위험하기 때문에 어쩔 수 없이 버티는 수밖에 없다.

바로 그때였다.

콰앙!

"2번 전함이 반파되었습니다!"

"뭐라?!"

"아무래도 적의 파상공세를 이기지 못하고 강판이 무너져 내린 것 같습니다!"

"이런 젠장!"

"어떻게 합니까?!"

"일단 반파된 함선을 인양하여 계속하여 남하한다!"

"알겠습니다!"

전함은 해군의 핵심 전력이기 때문에 이것을 한 척이라도 잃는다면 당연히 해상전에서 밀린다.

그나마 근근이 버티고 있는 해군의 상황이 더 나빠진다면 아마 한국군은 괴멸하고 말 것이다.

반파된 전함을 인양하여 남하하던 제2함대는 계속하여 포격을 받았다.

쾅쾅쾅!

"크윽!"

"측면부, 손상을 받았습니다!"

"상황은?"

"40%입니다. 이대로 5분만 더 두들겨 맞아도 강판이 무너져 내릴 겁니다!"

"…절망적이군."

바로 그때였다.

"장군! 지상에서 포격입니다!"

"포격?"

"적의 것입니다! 우리 함선을 향합니다!"

"젠장!"

쾅쾅쾅!

"크허억!"

"측면 부위 손상률 60%까지 치솟았습니다! 이대로라면 곧 침몰합니다!"

"제기랄!"

아무래도 적이 무인도 인근에 장사정포를 설치하여 한국군 함대를 타격하고 있는 것 같았다.

이제 이들이 취할 수 있는 방법은 동쪽이 아닌 서쪽으로 조금 더 물러나 다시 전열을 가다듬는 것이었다.

하지만 그렇게 되면 서해상에 남은 해상 전력이 거의 남아 있지 않게 된다.

"어떻게 할까요?!"

"…빌어먹을 빨갱이 새끼들!"

"장군!"

깊은 고뇌에 빠진 정명춘, 하지만 이제 더 이상 생각할 시간이란 남아 있지 않았다.

"어떻게 합니까?!"

"1분만……."

그가 결정을 유보하던 바로 그때, 심해에서부터 무언가 떠올랐다.

─치익, 제1함대, 응답하라.

"누구인가?!"

─해군 사령부 소속 잠수헬기모함이다. 총 다섯 척. 이제 작전에 참여하겠다.

"헬기모함?"

─설명은 나중에 하겠다. 지금은 연안에서 최대한 멀리 떨어져 사격하며 후퇴하라.

순간 병사들이 그를 바라본다.

"장군! 명령을 내려주십시오!"

"…퇴각하라!"

"예!"

지금 저들이 아군인지 적군인지 알 수는 없지만, 중요한 것은 자신들의 라디오 주파수를 알고 있다는 것이다.

또한 이 광학화 장비들은 고유 주파수를 사용하기 때문에 도청을 당할 일도 없었다.

'신에게 맡기는 수밖에!'

살며시 눈을 감은 정명춘. 하지만 그는 이내 다시 눈을 번쩍 뜰 수밖에 없었다.

"저, 정말 헬기모함이다!"

"허, 허어!"

바다에서 떠오른 헬기모함은 해치를 열고 스모그를 피워 푸른 안개를 만들어냈다.

그리고 그 사이로 150기의 전투헬기가 마치 모기떼처럼 쏟아져 나와 적의 함선을 무차별적으로 공격하기 시작했다.

—헬파이어 미사일, 발사한다.

—입감. 모든 기체, 함선부터 공격하라.

—라져.

도대체 저 많은 조종사를 어떻게 조달했는지 알 수 없지만 중요한 것은 저들이 지금 내뿜는 화력이 가공할 만한 위력을 만들어내고 있다는 것이다.

덕분에 전선은 점점 북쪽으로 향하고 있었고, 다섯 척의 모함은 스모그를 이끌고 연안으로 다가섰다.

—해안을 타격한다. 함포로 지원 부탁한다.

"타, 타격?!"

—신속한 지원 바란다.

"이, 이런 말도 안 되는 일이……."

잠시 후, 정말로 잠수모함은 90개의 함포와 10개의 해치를 개방하여 해안을 타격하기 시작했다.

쿵쿵, 콰아아앙!

이제 제2함대는 넋을 놓고 그 광경을 바라볼 뿐 더 이상 말을 잇지 못했다.

"세상 참 오래 살고 볼 일이군."

"그러게 말입니다."

바로 그때, 모함에서 연락이 왔다.

—지원이 늦다. 무전을 받고 있나?

"이, 이크! 어서 전력으로 화력을 집중시켜라!"

"예, 장군!"

이제 해군 제2함대의 반격이 시작되었다.

$$* \qquad * \qquad *$$

태평양의 망망대해.

이곳으로 연합군 함대가 줄을 지어 항해를 거듭하고 있었다.

겨울 특유의 폭풍이 몰아치긴 했지만 다행히 대한해협까지 가는데 큰 무리는 없을 것으로 보였다.

쏴아아아아아아!

영국군 소속 제5함대는 한 개의 항공모함과 네 정의 순양함으로 구성된 병력을 이끌고 대열의 중앙을 전담하고 있었다.

항공모함에 탑승한 제5함대사령관 제레미 클락슨 소장은 작전 상황판으로 자신들이 상륙하게 될 북해도를 바라보고 있었다.

여느 사령관이 다 그렇듯 그 역시 이번 전투에 참여하면서 상당한 부담감을 느꼈다.

그의 실전 경험은 거의 대부분 사령실 안에서 이뤄졌기 때문에 제대로 된 전투는 경험해 본 적이 별로 없었다.

그럼에도 불구하고 그가 5함대사령관으로 임명된 것은 순전히 인력 부족 때문이었다.

지금 영국은 러시아 연합군의 대대적 공습에 대비하여 국토를 거의 요새화하는 중이다.

당연히 이곳에 투자할 인력이 그다지 많지 않았다.

현재 러시아는 동아로 병력을 파견하는 한편, 리투아니아와 벨로루시, 우크라이나를 선제 타격했다.

그로 인하여 지금 러시아의 서부는 순식간에 백기를 내걸고 투항하고 있는 실정이었다.

이대로라면 서유럽이 러시아의 포화 속에 넘어가는 것은 불을 보듯 뻔했다.

더군다나 인도와 중국군이 러시아와 동조하여 북진하는 바람에 파키스탄이나 아프가니스탄은 이미 초토화 직전에 놓여 있었다.

이런 상황에서 영국이 할 수 있는 가장 빠른 조치는 영토가 포화 속에 놓이지 않도록 방비하는 것이었다.

그에게 있어 이번 전쟁은 승진하기 가장 좋은 기회이지만, 잘못하면 목숨을 잃을 수 있는 수렁이기도 했다.

그런 의미로 봤을 때 그는 목숨을 걸지 않을 수 없었다.

계속하여 항해를 거듭하고 있는 그에게 한 통의 무전이 걸려왔다.

─치익, 여기는 나비함대. 블루시 응답하라.

그는 고개를 갸웃거렸다.

"뭔가?"

"누군가 사령선으로 무전을 보내고 있습니다."

"연합군인가?"

"아직 그것까진 파악하지 못했습니다."

바로 그때였다.

관측병들의 다급한 무전이 의문의 무전과 함께 뒤섞여 날아들었다.

―치익, 전방에 적이 출현했다! 반복한다! 전방에 적으로 추정되는 함대가 출몰했다!

"뭐, 뭐라?!"

그는 자리를 박차고 일어나 상황실로 향했다.

"적의 규모는 얼마나 되는가?"

"우리 함대의 약 다섯 배가량입니다!"

"허, 허어!"

"어떻게 할까요?!"

"우, 우선……."

그가 우물쭈물하고 있던 바로 그때였다.

사령선이 한 차례 심하게 흔들리더니 이내 좌측으로 기울어지기 시작했다.

콰앙!

"뭐, 뭐야?!"

"스텔스 어뢰입니다! 아마도 이 부근에 잠수함대가 포진하고 있던 것 같습니다!"

"빌어먹을!"

"사령관님, 어서 명령을……!"

이런 돌발 상황이 처음인 그로선 도무지 어쩔 방법이 떠오르지 않았다.

"젠장!"

"사령관님!"

쾅쾅!

"크윽!"

"갑판이 파괴되었습니다! 당장 비행기를 띄울 수 없게 되어버렸습니다!"

"뭐, 뭐라?!"

사령선이자 주력으로 거론되던 항공모함이 전투기를 띄우지 못하게 되어버렸으니 이제 남은 것은 후퇴와 죽음뿐이었다.

"어떻게 합니까?!"

"일단 후방의 지원군이 있는 안전 지역으로 회피 기동한다!"

"예, 알겠습니다!"

그가 회피 기동을 명령했을 때다.

─치익, 후방에 적 출현!

"뭐라?!"

"사령관님, 적의 항공모함이 공격을 펼쳐옵니다!"

"이런 제기랄!"

그들의 앞에는 무려 150기나 되는 전투기가 모습을 드러내고 있었다.

"사령관님! 진퇴양난입니다!"

"오오, 주여!"

"어서 명령을······!"

바로 그때였다.

콰앙!

"크아아아악!"

"미사일이 갑판을 뚫었습니다! 이제 선실도 안전하지 않습니다!"

"······."

침묵한 사령관, 그는 더 이상 고개를 들지 못했다.

"사령관님?!"

그의 머리에는 볼펜이 틀어박혀 있었다.

"이런 말도 안 되는······?!"

"위생병! 군의관!"

갑판이 뚫리면서 그의 머리로 볼펜이 날아온 모양이다.

"젠장!"

"부사령관님! 이제 부사령관님이 사령관이십니다!"

"···승진했군."

원치 않은 승진을 한 다니엘 크레이크 준장이 지휘봉을 넘겨받았다.

하지만 그의 지휘 체계는 그리 오래가지 않을 터였다.

"미사일이 날아옵니다!"

"뭐, 뭐라?!"

삐비비비비비비빅!

승진한 지 단 5초, 그는 이제 곧 숨을 거둘 판이다.

『현대 마도학자』 11권에 계속…

외전

Side part 1

　한가로운 주말.

　화수는 주말을 맞이하여 푹 쉬고 싶다는 생각을 하였지만 그것은 어림도 없는 소리였다.

　"최소한 강원도 부지를 알아보아야 하는 건가?"

　화수는 한숨을 내쉬었다.

　강원도 삼척과 정선, 경상북도 울진, 포항 등에 군수공장을 차려야 하는데, 그 부지 선정이 만만치 않았다.

　가격은 문제가 되지 않았다.

　이것을 건설했을 때 주변의 시선을 잡아끌지 않아야 한다는 것이 가장 큰 숙제였다.

그로 인해 화수는 주말에도 일해야 하는 불상사가 생긴 것이다. 그래도 화수는 그 와중에 최선의 방책을 생각해 보기로 했다.

"부지 선정 후에 강진랜드에서 게임을 하는 것도 나쁘지 않겠군."

화수가 도박을 좋아하는 것은 아니다. 아니, 오히려 2년 전 벌어진 동남아 도박장 사건 이후로 카드에는 손도 대지 않고 있었다.

하지만 목숨을 걸지 않은 합법적 도박이라면 가끔 즐기는 것도 나쁘지는 않다고 생각했다.

"그래, 가족끼리 화투도 치는데, 뭐."

나중에 화수는 가족과 함께 강원도로 여행을 올 예정이다.

그때 가족들을 데리고 강진랜드에서 가벼운 노름을 즐기면 상당히 재미있을 것이다.

그것에 대비해 사전 조사는 꼭 필요했다.

화수는 백만 원 정도 들고 강진랜드로 향했다.

*   *   *

강원도 태백.

태백시의 경관은 매우 수려했다.

그야말로 기암괴벽이라 할 수 있는 풍경이 이어지고 있었다.

화수는 간단하게 부지 선정을 마치고 강진랜드를 찾았다.

하지만 눈앞에 보이는 거대한 산맥은 그의 발길을 멈추게 하였다.

"대단하군."

많은 사람이 장관을 보기 위해서는 외국으로 나가야 한다고 생각하지만 꼭 그런 것만은 아니다.

한국에서도 충분히 좋은 경치를 감상할 수 있는 곳이 얼마든지 있다.

화수는 잠깐 산 위에 올라 그 경치를 감상하기로 했다.

그야말로 깎아지른 듯한 절벽이다.

가드레일이 있기는 하였지만 이곳에서 떨어지면 그대로 죽을 것이 확실해 보였다.

절벽 아래는 콘크리트 바닥이다.

그 살벌한 모습과는 다르게 태백시가 내려다보이는 이곳은 상당한 아름다움을 뿜어내고 있었다.

찰칵! 찰칵!

화수는 핸드폰 카메라 셔터를 눌러댔다.

이런 경관이라면 차후에 친구나 가족들과 함께 와도 좋다고 생각하였기 때문이다.

그가 주변 경치를 촬영하는 데 혈안이 되어 있을 때다.

찰칵!

"음?"

가드레일 끝에 누군가가 서 있는데 상당히 위험천만해 보였다.

"설마……?"

화수는 잠시 생각에 잠겼다. 그럴 이유가 있나 싶어서였다.

그 바로 앞에는 고급 승용차가 서 있었다.

안에는 사람까지 타고 있었는데, 도대체 뭐가 문제인가 싶다.

그는 절벽 아래를 물끄러미 바라보고 있었다.

"이봐! 아직 멀었어!?"

승용차 안의 남자가 험악한 얼굴로 물었다.

절벽 아래를 바라보고 있던 남자가 그곳에서 눈을 뗐다.

뭔가 결연한 표정이다.

"갑시다."

화수는 그를 바라보며 참으로 미남이라는 생각을 하였다.

모자를 쓰고 있어 자세히는 볼 수 없었지만, 그 아래 드러나 있는 얼굴은 엄청난 미남이었다.

후우웅!

그들은 차를 타고 사라졌다.

"깜짝 놀랐네."

혹시나 자살을 하려는 것은 아닌가 하는 생각도 들었다. 하지만 역시 그것은 화수의 착각이었다.

화수는 한참 동안이나 이곳에서 경치를 촬영한 후 카지노로 향했다.

*   *   *

강원도 정선군 사북읍.

화수는 국내에서 유일하게 내국인이 출입할 수 있는 카지노인 강진랜드에 들어섰다.

개장한 지 15년이 되었으며 이곳에서는 수많은 도박 중독자를 양산해 냈다.

그럼에도 불구하고 아직까지도 많은 사람으로 북적이고 있었다.

지금 시간은 오후 1시다.

"으음."

화수는 살짝 신음을 흘렸다.

강진랜드에 들어가기 위해서는 반드시 매표소를 지나야 했는데, 그곳에는 줄이 길게 늘어서 있어 갈 수가 없었던 것이다.

화수는 잠깐 생각에 잠겼다.

고액의 베팅이라면 하이패스로 통과할 수 있지 않을까 싶은 것이다.

화수는 직원에게 방법을 물었다.

"소지 금액 천만 원 이상은 통과하실 수 있습니다."

"좋은 제도입니다."

화수는 계좌에서 천만 원을 출금하여 칩으로 환전했다.

물론 다소 과한 금액이라 볼 수도 있지만, 그에게 있어 천만 원은 그리 큰돈이라 할 수 없었다.

전 재산이 5천만 원인 사람에게 천만 원은 매우 큰돈이지만, 억만장자에게 천만 원은 그리 큰돈이 아니었다.

"그럼 좋은 시간 되십시오."

화수는 VIP 고객으로 하이패스로 통과했다.

"엄청나군."

화수는 눈앞에 보이는 거대한 카지노 시설에 놀람을 감추지 못했다.

물론 그러면 라스베이거스도 갈 수 있지만 국내에도 이만한 시설이 있다는 것에 놀란 것이다.

　한쪽에는 슬롯머신이, 한쪽에는 룰렛이 돌아가고 있었다.

　주사위를 굴리는 곳도 있었으며, 세븐포커를 즐기는 사람도 있었다.

　화수는 간단하게 룰렛에 도전해 보기로 했다.

　따다다다다닥!

　거대한 룰렛이 돌아간다.

　화수는 블랙과 레드 중에서 레드에 걸었다. 만약 여기서 지면 모두 잃고 이기면 두 배를 따게 된다.

　확률은 반반이다.

　"블랙입니다!"

　"아아아!"

　"와아!"

　환호하는 사람들과 머리를 쥐어뜯는 사람들로 나뉘었다.

　화수야 만 원짜리 칩 하나를 걸었기에 타격이랄 것도 없었다.

　화수는 이왕 카지노에 들어왔으니 돈을 딸 수 있는 방법을 강구해 보기로 하였다.

　"잃은 돈의 두 배를 건다."

　언뜻 괜찮아 보이는 전략이다.

한 판을 잃었으니 다음 판에는 2만 원을 건다.

그 판에도 잃으면 4만 원을, 그 판에도 잃으면 8만 원을 건다.

이론적으로라면 재수에 옴 붙지 않고서는 가볍게 즐기며 최소한 돈을 잃지 않는 전략이라 볼 수 있었다.

화수는 한 시간 정도 룰렛을 돌렸고, 수중에는 995만 원이 들려 있다.

"안 되겠군."

전략은 좋았지만 역시나 많이 따지도 잃지도 않는 방법이었다.

오늘 저녁에는 집으로 돌아가야 하므로 화수는 다른 곳으로 판을 옮겼다.

화수는 세븐포커 판을 기웃거렸지만, 그곳에는 앉을 자리도 없었다. 수많은 사람으로 북적이고 있었다.

그렇다면 다른 곳은 어떨까.

"으음……."

엄청난 넓이의 카지노였지만 문제는 앉을 자리가 없다는 것이다.

화수는 턱을 쓰다듬었다.

한쪽에는 VIP룸이 보였는데 그곳의 입장 제한은 1억 원 이상이었다.

아마 이대로라면 게임을 즐기지 못할 것이다. 하지만 1억 원은 확실히 과한 금액이었다.

그렇다면 칩으로만 환전하여 가볍게 게임을 즐기는 것은 어떨까.

아마 화수와 같은 생각을 하는 사람은 꽤나 많을 것이다.

화수는 칩을 환전하여 VIP룸으로 향했다.

VIP룸 역시 넓었다.

이곳에도 많은 사람이 있었지만 일반 경기장에 비하면 새 발의 피라 할 수 있었다. 그곳보다는 사람이 열 배 정도 적었다.

화수는 가볍게 주사위로 몸을 풀어보기로 했다. 한 판의 베팅은 최소 금액이 백만 원이었다.

화수 2에 돈을 걸었다.

"3입니다."

"이런."

돈을 잃었다.

순식간에 백만 원이 날아갔다.

정확하게 천만 원만 쓰기로 한 화수로서는 안타까운 일이 아닐 수 없었다.

이럴 바에는 차라리 바둑이를 하는 편이 낫겠다고 생각했다. 일반 게임장에는 바둑이가 없었지만 VIP룸에는 바둑이 판도 있었다.

바둑이가 세계적으로 보편화가 되어 있는 게임은 아니지만, 다른 곳보다 바둑이 판에 사람이 더 많이 몰려 있었다.

화수는 바둑이 판에 슬며시 끼어들었다.

"최소 베팅 금액은 10만 원입니다."

바둑이의 베팅이 10만 원인 이유는 하나였다. 이렇게 시작하여도 차후에는 억 단위로 돈이 올라간다는 사실을 화수는 잘 알고 있었다.

화수는 이곳에서 익숙한 얼굴을 만났다.

"음?"

맞은편에는 아까 태백에서 본 남자가 식은땀을 흘리며 게임을 하고 있었다.

그 뒤에는 험악하게 생긴 사내들이 서 있었는데 어떤 관계인지는 쉽게 짐작되지 않았다.

척척척척!

"학교 갑시다."

이곳에서도 은어는 통하는 것 같았다.

사람들은 십만 원짜리 칩을 내놓았고, 패는 넉 장이 돌아갔다.

화수는 패를 받아보았다.

A스페이드, 2하트, 5다이아, 3하트다.

매우 안타까운 결과라 할 수 있었다.

만약 3하트가 아니라 클로버가 나왔다면 그는 세컨드를 쥐게 된다.

세컨드라는 것은 두 번째로 높은 패라는 뜻이다.

바둑이의 룰은 이렇다.

네 장의 카드로 승부를 겨루는데, 각각 다른 패와 다른 숫자를 가져야 족보로 친다.

자신이 가지고 있는 패 중에서 가장 높은 숫자가 낮은 쪽이 승리한다. 물론 숫자가 겹치거나 모양이 겹치면 족보라 할 수 없었다.

이제는 패를 세 번 바꿀 수 있다. 그리고 패를 바꾸기 전에는 베팅을 할 수 있었다.

"하프."

"하프."

얼마 지나지 않아 테이블 위의 판돈이 천만 원까지 올라갔다.

다섯 사람이 200만 원씩 베팅한 것이다.

'대단하군.'

이래서 바둑이가 무서운 것이다.

화수만 하여도 3클로버를 노릴 수 있었다. 그리된다면 세컨드다. 하지만 역시 그 가능성은 희박했다.

6클로버가 나올 수도, 7클로버가 나올 수도 있었는데 그것만 나와도 엄청난 족보였다.

사람들은 그런 기대로 게임에 임하며 판돈은 올라가게 마련이다.

화수는 카드 한 장을 교환하였다.

눈앞의 남자는 두 장 교환했다.

'7하트라…….'

화수는 아무도 모르게 한숨을 내쉬었다.

만약 7클로버가 되었다면 돈을 걸어볼 만도 하였다. 하지만 다음번에 카드를 한 장 더 바꾸어야 할 것 같았다.

이제 베팅은 시작이다.

"하프."

"하프."

순식간에 판돈은 3천만 원이 되었다.

화수는 이 자리에서 500만 원 가까이 베팅하였다.

여기서 더 진행된다면 오늘 생각하였던 돈을 잃을 수도 있었다.

'무서운 게임이로군.'

화수는 카드 한 장을 바꾸었다.

"끄응."

이번에는 K클로버였다.

물론 이렇게 된다면 족보라고 할 수는 있었지만 가장 낮은 족보다.

이만한 판에서 K탑으로 돈을 걸 수는 없었다. 결국 한 장을 더 바꾸어야 하지 않을까 싶다.

사람들도 같은 고민을 하고 있는 것 같았다.

베팅은 또 시작되었다.

"쿼터."

"하프."

뒤로 갈수록 베팅이 낮아지는 경향이 있었지만, 그래도 엄청난 금액이라 할 수 있었다.

판돈은 5천만 원까지 올라갔다.

아직 한 번의 베팅이 남아 있었지만, 이 정도라면 순식간에 몇 억을 잃을 수도 있는 위험한 판이 되고 만다.

이 때문에 바둑이가 무서운 것이다.

화수는 카드를 한 장 더 바꾸기로 하였다.

척척척척.

화수는 자신도 모르게 심장이 뛰는 것을 느꼈다.

'6클로버!'

화수는 쾌재를 불렀다.

가장 낮은 숫자가 4다. 그렇다면 이것은 세 번째로 높은 족보라는 뜻이다.

베팅이 시작되었다.

"하프."

"으음."

누군가가 하프를 치자 사람들은 고민하는 표정이다.

하프라면 지금 걸려 있는 판돈의 반을 건다는 소리다. 그리된다면 2,500만 원이 있어야 콜이 가능하다. 받고 돈을 더 갈수도 있었다.

지금부터는 무서운 게임이 되는 것이다.

패를 받고 한 번 더 베팅을 하게 되니 화수는 이 테이블의 베팅 액이 수억 대, 혹은 수십억 대가 될 수도 있다고 생각했다.

"콜."

한 남자는 콜을 하였고, 눈앞의 남자는 다이. 하지만 또 다른 한 남자가 하프를 받고 또 하프를 쳤다.

이제 판돈은 1억이다.

화수가 콜을 하려면 5천만 원이 필요했다.

그야말로 엄청난 금액.

화수는 당연히 콜을 외쳤다.

"콜."

"콜."

이제 판돈은 억 단위가 넘어갔다.

한 명은 패를 바꾸었고 화수와 다른 한 남자는 패를 바꾸지 않았다.

"후욱."

긴장이 흐르고 있다.

화수는 옆에 있는 주스를 한 모금 마셨다.

"풀 벳."

"……!"

한 남자가 풀 벳을 외쳤다. 순식간에 판돈은 3억이 되었다.

콜을 하려면 1억 5천이 있어야 한다.

"콜."

"받고 풀 벳."

"허억!"

"이런……."

화수도 식은땀을 흘릴 수밖에 없었다.

장난으로 시작하였지만 이제는 죽을 수도 없게 되었다. 콜을 하려면 3억이 필요하다.

화수는 할 수 없이 콜을 외쳤다. 은행 잔고를 확인하고 콜을 할 수 있었다.

"콜."

이 판에 걸려 있는 돈은 총 12억이다.

화수는 긴장을 감추지 못하였다.

"이제 패를 봅시다."

가장 유력한 승리자라 할 수 있는 남자가 패를 엎었다.

"오오!"

그는 7탑이다.

이 정도라면 올인을 해도 좋을 만큼 큰돈이다.

그가 돈을 쓸어가려 할 때, 나머지 한 남자가 패를 엎었다. 그 역시도 7탑이다. 다만 이렇게 되는 경우에는 모양으로 승부를 본다.

하지만 지금은 아니었다.

"저는 6탑입니다."

"커억!"

"이럴 수가!"

화수는 칩을 쓸어 담았다.

그의 앞에 칩이 가득 쌓였다.

화수는 지금의 상황을 믿을 수가 없었다. 일을 한 것도 아닌데 순식간에 8억이라는 거금을 손에 쥐게 된 것이다.

화수는 게임에 빠져드는 자신을 보았지만, 역시나 선은 지키려 하였다. 한 번에 많은 돈을 따게 된 만큼이나 본전만 유지하고 나머지는 카지노에서 전부 쓰고 가기로 마음먹은 것이다.

　　　　＊　　　　＊　　　　＊

　저녁 무렵.

　화수는 잠시 쉬어가기 위하여 밖으로 나왔다.

　그는 커피 한 잔을 손에 들었다.

　휴게실에는 많은 사람이 있었다. 술을 마시는 사람도 있고
그처럼 커피를 마시는 사람도 있었다.

　"하아."

　화수는 한숨을 내쉬었다.

　물론 화수가 한숨을 내쉰 것은 나쁜 뜻으로 그리한 것은 아
니다.

　지금까지 화수는 15억을 벌었다.

　일부러 따기 위하여 발악한 것은 아니지만 어찌하다 보니
그리되었다.

　만약 화수가 일반인이었다면 이 돈으로 평생 놀고먹어도
될 정도이다.

　화수에게는 엄청나게 큰돈은 아니지만, 충분히 도박에 빠
져들 수 있는 여지가 있었다.

　"오늘, 이 돈 다 쓰고 간다."

　화수는 그렇게 다짐했다.

    사람들은 이런 식으로 도박에 빠져드는 것이다. 도박이 무서운 이유가 여기에 있었다.

    화수는 억만장자였지만, 이런 식으로 계속 돈을 쓰다 보면 언젠가는 바닥을 보이게 될 것이다.

    가장 좋은 방법은 오늘 딴 돈을 모두 털어 넣고 다시는 오지 않는 것이다.

    "그것이 좋겠군."

    화수는 그렇게 다짐하였다.

                    *   *   *

    카지노로 돌아간 화수는 주사위 게임 앞에서 몸을 떨고 있는 남자를 바라보고 있었다.

    그의 근처에는 엄청난 사람들이 몰려 있었다.

    웅성웅성.

    "왜 그러십니까?"

    화수는 한 남자에게 물었다.

    "저 사람이 주사위에 10억을 베팅하려 합니다."

    "엄청난 금액이로군요."

    "따면 60억이지요."

    "어라?"

화수는 그 남자가 누구인지 잘 알고 있다.

물론 아직까지 한마디도 하지 않았지만, 그는 태백에서도 보았고 방금 전에도 바둑이를 함께하였던 사람이다.

화수는 돌아가려다가 멈추어 구경하기로 했다.

"베팅하시겠습니까?"

남자는 고개를 끄덕였다.

"어디에 하시겠습니까?"

그는 눈을 감고 있었다.

"삼, 삼에 베팅하겠습니다."

"그럼 굴립니다."

주사위가 기계에서 발사됐다. 그야말로 랜덤으로 굴러가 떨어진다고 볼 수 있었다.

팽그르르!

사람들의 눈이 한곳에 집중된 가운데, 주사위는 빠르게 회전하고 있다. 그리고 드디어 멈추어 섰다.

"아아아아!"

남자는 머리를 감싸 쥐었다.

많은 사람이 탄식하였다.

주사위의 숫자는 1이다. 즉 눈앞의 남자는 순식간에 10억을 잃고 만 것이다.

"크으으윽!"

남자는 눈물을 흘렸다.

털썩!

그것도 모자라 아예 바닥에 쓰러졌는데 다소 험상궂게 생긴 남자가 그를 질질 끌고 사라졌다.

남자가 사라지자 사람들은 자신이 하던 자리로 돌아갔다.

"도대체 그 남자는 뭐였지?"

"뒤에 있는 사람은 빚쟁이가 아닐까?"

"설마."

"그럴 수도 있지."

"뭐, 나와는 상관없는 일이지."

사람들은 그렇게 돌아섰지만 화수는 아니었다. 태백에서부터 보아와서인지 신경이 쓰였다.

화수는 남자를 찾기 위하여 카지노 이곳저곳을 돌아다녔다.

생각해 보면 지금 무엇 하는 짓인지 싶었지만, 이상하게 신경이 쓰이는 것은 어쩔 수가 없었다.

카지노 주차장이란 주차장은 모두 찾아다니고 있었는데, 어디에서도 그는 보이지 않았다.

벌써 사라진 것일까.

"뭐, 상관없는 일인가."

신경을 쓰인 이유는 무엇일까.

화수는 그 이유를 생각해 보았는데 그가 누군가와 닮았기 때문이다.

그가 알고 있는 한 여자와 닮았다.

'착각이겠지.'

지금 그가 사랑하는 사람은 세라지만 화수에게도 첫사랑이 있었다.

물론 지금은 너무나 오래된 기억이지만, 남자에게 첫사랑이란 영원히 간다고 할 수 있다. 세월이 흘러도 그녀에 대한 기억이 잊히지 않았다.

"후후."

화수는 이상하게 그에 대해 신경 쓰인 것이 모두 첫사랑 때문이라고 생각했다. 어쩌면 그가 첫사랑 해인과 연관이 있다고 본 것이다.

해인과 닮았기에 그녀의 오빠이거나 남동생일 수도 있었다. 그것도 아니라면 사촌일 수도 있다.

어쨌거나 그런 식으로 연관이 있다면 유해인을 다시 만날 수도 있다는 생각이 들었다.

"하기야 만나서 뭘 어쩌겠어."

화수는 고개를 흔들었다.

첫사랑에 대한 기억은 그저 그렇게 묻어버려야 한다.

화수가 그렇게 돌아서려고 하는 그때였다.

"싫어요!"

"네놈은 약속을 어겼다! 돈을 만들지 못하였으니 심장을 내놓아라!"

"젠장! 어떻게 해서든 돈은……!"

"이번이 마지막 기회였다. 주사위의 눈이 3이 아니라 1을 가리킨 순간 네놈은 죽은 목숨이다 그 말이다."

"꺄아아아악!"

"……!"

그때 놀랍게도 그의 입에서 비명 소리가 울려 퍼졌다. 그것도 날카로운 고음이다. 상식적으로 남성의 목청에서는 그런 소리가 날 수 없었다.

"설마?"

사르르르륵!

그녀가 쓰고 있던 모자가 벗겨졌다.

주변으로 머리칼이 휘날렸다.

화수도, 험상궂게 생긴 남자들도 그녀를 바라보며 놀람을 감추지 못하였다.

결국 그녀는 남장을 했다는 소리다.

"뭐야, 이 새끼는? 아니, 이년인가?"

"살려주세요!"

"큭큭큭, 어차피 뒈질 것이라면 맛이나 보아야겠군."

"이렇게 보니 대단한 미인이잖아?"

"그러게 말입니다."

놈들은 그녀를 강제로 차에 태웠다. 화수는 엄청난 갈등을 거듭할 수밖에 없었다.

지금 그는 범죄 현장을 보고 있다.

대충 생각하는 추론은 이렇다.

남장을 한 여자는 어떤 사정이 있었다.

빚이 매우 많았으며 어떤 식으로든 갚을 방법을 모색하였을 것이다.

쫓기고 쫓기는 삶의 끝에서 그녀가 택한 것은 도박이다. 도대체 어떤 식의로 종자돈을 마련하였는지는 몰라도 그 돈으로 도박판을 벌였다.

어찌어찌 10억까지는 마련하였지만 결국은 완패.

그녀는 절망하고 말았다.

"살려주세요!"

엄연히 따져서 화수가 상관할 일은 아니었다. 하지만 자꾸만 그녀의 목소리가 누군가와 겹쳐 들렸다.

곰삭은 어린 시절의 기억.

어쩌면 그녀가 유해인이 아닐 수도 있지만, 그렇다고 가능성을 아주 배제할 수는 없었다.

팟!

화수는 생각을 마치고 몸을 날렸다.

퍼억!

"커어어억!"

"이 자식은 뭐야?"

"이런 공공장소에서 납치라니, 말이 되는 일입니까?"

"네놈은 뭐지? 그냥 가던 길 가라. 죽기 싫으면 그렇게 하는 것이 좋을 것이다."

"어쩔 수 없지요."

화수는 손을 걷어붙였다.

이렇게 나서는 타입이 아니었지만, 그래도 공공장소에서 납치당하는 것이 뻔하였고 심장까지 꺼낸다는 소리를 들었는데 이대로 갈 수는 없었다.

남자 둘은 자리에서 일어나 주먹을 휘둘렀다.

팟!

문제는 화수가 일반인보다 훨씬 빠르다는 것이다. 화수의 눈에는 놈들의 주먹이 느릿느릿하게 보였다.

화수는 주먹을 막아낸 후 그대로 명치를 후려쳤다.

퍼억!

"커어어억!"

그는 몸을 돌려 나머지 한 놈의 주먹도 막아내고는 정강이를 후려쳤다. 그 후에는 정확하게 턱을 걸어챘다.

"크으, 네놈, 이러고도 무사할 것이라 생각하나?"

퍼억!

화수는 자신도 모르게 그들을 모조리 기절시켰다.

그녀가 화수를 바라보았다.

"당신 지금 무슨 짓을……."

"이름이 유해인 씨 맞습니까?"

그녀는 가볍게 고개를 끄덕였다.

화수는 우연치 않게 카지노에서 첫사랑과 조우했다.

외전

Side part 2

　그야말로 침묵이 흐르는 순간이다.

　화수는 첫사랑과 조우하는 것에 성공하였다. 어떻게 보면 그것은 상당한 행운이 따라야만 가능한 일이다.

　누구에게나 첫사랑에 대한 추억이 있고 평생을 두고 그리워한다. 그리고 만나보고 싶어 한다.

　하지만 이런 식으로 만나기를 바란 것은 아니다.

　"제가 유해인인데, 당신은 누구세요?"

　"나는 강화수."

　"……!"

유해인은 놀람을 감추지 못했다.

놀라는 것을 보면 그녀로서도 화수는 특별한 사람이었다는 의미다.

"으음……."

그들이 서로를 바라보고 있을 때다.

아까 화수에게 맞아 기절하였던 건달들이 서서히 일어나기 시작하였다.

그들은 화수를 바라보며 움찔 몸을 떨었다.

"노옴! 두고 보자!"

후우우웅!

차에 올라탄 그들은 부리나케 사라졌다. 아마 패거리를 데리고 올 가능성이 매우 높았다.

"가."

"그럴 수는 없지."

"이런 꼴을 보여서 미안해. 그리고… 앞으로 다시는 보지 말자."

"너는 어쩌려고?"

"네가 알아서 뭐 하려고?"

유해인의 얼굴은 눈물범벅이다. 아마 이대로 그녀를 둔다면 자살을 택하지 않을까 싶었다.

도대체 무슨 곡절이 있어 여기까지 오게 된 것인지는 몰라도 상당한 빚이 있는 것만은 확실해 보였다.

"들어가자."

"어차피 이제는 희망이 없어."

"죽을 때 죽더라도 해볼 수 있는 만큼은 해보고 죽어야 하는 것 아니야?'

화수는 유해인의 손목을 잡아 이끌었다.

한적한 바(Bar).

물론 카지노는 아니다.

카지노에 있게 되면 틀림없이 놈들이 벌 떼같이 달려올 것이기 때문이다.

카지노 근처의 한적한 술집에서 화수는 유해인과 제대로 조우할 수 있었다.

"……."

물론 그들은 마주하고 앉아 있었지만 말은 별로 하지 않고 있었다.

유해인이 자리에서 일어나려 하였다.

"가볼게."

"앉아."

"네가 나에게 명령할 수 있는 사람은 아니잖아?'

"그래도 오랜만에 만난 동창을 이대로 보낼 수는 없어. 도대체 이렇게 된 이유가 뭐야?"

"내가 그 이유를 말할 필요가 있어?"

"그건……."

화수는 자신도 특별한 이유를 찾지 못하고 있었다. 그녀의 말대로 화수가 그녀의 사정에 대해 왈가왈부할 입장은 아니다.

얼마 지나지 않아 유해인은 자리에서 일어나 가게를 나갔다.

"후우. 이게 아닌데."

화수는 머리를 긁적였다.

그는 어떻게 해서든 유해인을 도와주고 싶었다. 미력하나마 힘이 되어주고 싶었다.

앞으로 다시 만나게 될지 어떨지는 모르겠지만 지금의 상황이라도 타개해 주고 싶었다.

모르는 사람이라면 이렇게까지 신경 쓰지 않겠지만 그녀는 모르는 사람이 아니었다. 첫사랑이고 화수에게 있어서는 추억이었다.

화수는 자리에서 일어났다.

"해인아!"

유해인은 빠른 속도로 사라지고 있었다. 화수는 그 뒤를 쫓고 있는 중이다.

화수는 유해인의 팔목을 잡았다.

"놔!"

"이러지 말고 얘기 좀 하자."

"할 이야기 없다니까!"

빠아아앙!

그들이 실랑이를 하고 있을 때 지나가던 차가 그대로 돌진 했다. 화수는 유해인을 안고 몸을 날렸다.

끼기기긱!

그대로 드리프트를 한 후 차에서 네 명의 사내가 내렸다.

두 명의 얼굴은 익히 알고 있다. 화수에게 맞은 후 도망친 놈들이다. 나머지 두 명은 초면이다.

"이런 곳에서 사랑싸움을 하고 있었군."

화수의 얼굴이 구겨졌다.

유해인은 남자들에게 잡혀 차에 올라타 있다.

"이년은 내 것이다."

"놔! 내가 물건이야?"

"네년의 심장은 나의 것이다. 여자라는 것에 조금 놀라기 는 하였지만, 뭐 더 잘된 일이지. 죽을 때까지 강간한 후 심장 을 꺼내주지."

"누구 마음대로?"

화수가 앞으로 나섰다.

이런 놈들이야 쓸어버리면 그만이다.

철컥!

그때 사내가 품에서 권총을 꺼내 들었다. 권총은 정확하게 화수를 겨누고 있었다.

"죽고 싶나?"

"화수야!"

유해인은 화수를 바라보며 비명을 내질렀다. 그녀의 눈에서는 눈물이 흘러내리고 있었다.

"놔! 이 나쁜 자식들아!"

"끌고 가라!"

화수는 그 순간 놈의 손을 친 후 그대로 턱을 후려쳤다.

퍼억!

"커어어억!"

"그만두는 것이 좋을 것이다."

놈들은 화수에게 모두 총을 겨누고 있다.

화수가 올라간 곳은 바로 허공이었다. 그는 가볍게 점프하였다.

총을 피하는 방법은 총구를 바라보는 것이다.

핑핑핑!

역시나 놈들은 사람들의 눈에 띄는 것을 고려하여 소음기를 달고 있었다.

화수의 주변으로 총탄이 쏟아졌다.

"이이이익!"

놈들은 계속하여 총을 쏘아대었고, 곧 총알이 떨어졌다.

철컥철컥!

화수는 탄창을 갈기 전에 전광석화처럼 몸을 날렸다. 그리고는 놈들의 턱을 후려쳤다.

퍼억!

"커어어억!"

바닥으로 널브러진 놈들은 그대로 뻗어버렸다.

유해인이 밖으로 나왔다.

"어쩌려고 그래?"

"너를 이대로 두면 죽을 수도 있잖아."

"하지만 나로 인해서 네가 죽을 뻔했잖아."

"죽지 않았으면 된 것이지."

"너 정말……. 상황이 오히려 악화되었잖아. 알고 있어?"

화수는 어깨를 으쓱였다. 아무리 그래도 그녀가 죽는 것보다는 낫다고 생각했다.

유해인은 다시 눈물을 흘렸다.

"놈들이 가족들을 가만 두지 않을 거야."

"해결해 볼게."

"어떻게… 네가 어떻게 해결할 건데!"

화수는 일단 놈들을 한쪽에 묶어두기로 했다. 그 후에는 협상을 할 것이다.

"으음……."

얼마 지나지 않아 놈들이 서서히 기절에서 깨어났다.

"노옴!"

눈앞의 사내가 화수를 노려보며 찢어 죽일 듯이 소리를 질렀다. 하지만 역시 화수는 아랑곳하지 않고 물었다.

"빚이 얼마지?"

"그녀의 빚은 50억이다."

"……."

예상대로였다.

어느 정도 생각은 하고 있었지만 그녀는 엄청난 액수의 돈을 빚지고 있었다.

화수는 생각에 잠겨 있다 입을 열었다.

"내가 대신 갚는다면?"

"화수야! 그게 무슨 말이야?"

"그래 준다면 고맙지."

"나에게 지금 15억이 있다. 모두 카지노에서 벌어들인 돈이지. 만약에 내가 이곳 카지노에서 50억을 채워줄 수 있다면 그녀는 어떻게 되는 것인가?"

"약속하지. 풀어줄 것이다."

"오늘은 늦었으니 내일 시작할 것이다. 어떤가?"

"감시망에서 벗어나지만 않는다면."

화수는 고개를 끄덕였다.

놈들이야 돈만 받으면 끝나는 일이었다. 그 이외에는 이렇게 할 이유가 없었다.

"혹시나 해서 하는 말이지만, 풀어주는 즉시 달려든다면 그때에는 재미없다."

"돈을 준다는데 그럴 이유가 없다."

화수는 놈들을 풀어주었다.

약속대로 놈들은 순순히 총을 거두어들였다. 돈이 목적이지 사람을 죽이는 것이 목적이 아니었다.

"단, 돈을 받을 때까지는 감시할 것이다."

"마음대로."

화수와 유해진은 카지노로 향했다.

카지노 스위트룸.

일단 오늘은 늦었다. 이곳에서 하루 잔 후 카지노로 갈 것이다.

화수는 유해진과 술자리를 가졌다.

"고마워."

"뭐가?"

"지금까지 감사하다는 말을 하지 못했어."

"그럴 수도 있지. 지금까지는 경황이 없었을 것이고."

그녀는 고개를 끄덕였다.

유해진의 말대로 지금까지는 경황이 없었다. 그런 것을 따지기에는 유해진의 상태가 너무나 엉망이었다.

화수는 값비싼 양주 한 병을 시켰다. 그야말로 엄청난 고가였지만, 도박으로 딴 돈으로 사는 것이기에 돈이 돈 같지 않게 느껴졌다.

"도대체 어떻게 된 일이야? 이제는 물어볼 수 있겠지?"

유해인은 고개를 끄덕였다.

이렇게까지 도와주는 것이라면 모두 밝혀도 상관없다고 생각한 것이다.

유해인의 이야기는 어떻게 보면 진부하다고도 할 수 있을 만큼이나 단순했다.

"아버지의 도박 빚이 문제였어."

"흔한 일이지."

"하지만 그 뒤의 이야기는 흔치가 않아."

유해인은 어쩌다가 이런 상황까지 오게 되었는지 설명했다.

유해인의 집안은 꽤나 화목하였다고 한다. 아버지는 작은 공장을 운영하였고 네 식구가 먹고살기에는 전혀 부족함이 없었다.

하지만 문제는 아버지가 도박에 빠지면서부터였다.

도박에 빠지며 마시지 않던 술을 입에 대었고 마약도 했다고 한다. 집안으로 돌아와 폭행을 하였음은 물론이다.

여기까지는 흔한 가정사라 할 수도 있었다.

유해인의 가정은 불행의 늪으로 빠져들었다.

공장은 망했고 빚더미에 나앉았다. 다행히 아버지는 파산 신청을 하였고, 사는 것에는 문제가 없었지만 도박이 문제였다.

아버지는 공장이 망하지 않은 것처럼 하여 여기저기에서 돈을 끌어 썼고, 그 와중에는 사채까지 썼다.

문제는 사채꾼들이 얼마나 악독한지 알지 못하였다는 것이다.

사채꾼은 신체포기각서를 쓰게 했다.

처음에는 3천만 원을 빌렸으나 유창수는 그 돈을 받지 못하였다. 그날부로 납치당하여 한쪽 장기를 잃었다.

"허어, 정말로 작업을 당한 것이로군."

"그래, 그 이후는 더 가관이었지."

웬만한 인간이라면 이 정도에서 도박을 끊어야 정상이다.

돌팔이에게 시술을 받았는지 심각한 후유증을 겪게 되었음에도 불구하고 도박을 끊지 못했다. 이번에는 1억을 빌렸다.

자신의 신체를 담보로 잡았고, 또 갚지 못하였다.

돌려막기의 일환으로 유창수는 아내와 그녀의 언니를 담보로 잡혔다. 많은 돈을 빌릴 수가 있었다.

10억 정도를 빌렸는데, 유창수는 다시 도박으로 탕진했다.

언니와 어머니가 납치당하려는 찰나, 엄청난 건이 들어왔다.

유해인은 4년 전에 건강검진을 받은 적이 있었다. 한데 중국 부호 하나가 심장이 필요하였고, 그 당시 받은 건강검진을 바탕으로 유해인이 적합하다고 결론이 난 것이다. 이 소식을 유창수가 전해 들었다.

사채꾼들은 유창수에게 30억을 추가로 빌려줄 수 있다고 하였다. 물론 도박에 미친 유창수는 그 돈을 받아썼고, 또 받지 못하였다.

"허어, 완전히 막장이로군."

"그 후 아버지는 몸이 좋지 않아 돌아가시고 말았어."

"빚은?"

"그대로 인계되었지."

"그런데 왜 남장을 하게 된 거야?"

"집안에 땅이 있었거든. 10년 동안 연락을 하지 않았는데 유산을 받으라고 온 거야. 그곳에서 3억 정도를 받았는데 놈들의 눈을 피하자고 남장을 하게 됐지. 이곳에서 도박을 하기도 수월할 것 같았고."

"그런데 잃게 되었군."

유해인은 고개를 끄덕였다.

그야말로 파란만장한 인생이 아닐 수 없었다.

유해인은 한때 10억까지 따기도 했지만, 마지막 주사위를 굴려 따는 데 실패하였다.

"1억 정도는 남겨놓았어야 했는데……."

"내가 도와줄게."

"하지만 그 큰돈을……."

화수는 어깨를 으쓱였다.

"어차피 딴 돈이니까."

"너는 돈이 필요 없어?"

"어떻게 사람이 살면서 돈이 필요 없을 수가 있겠어. 나에게는 회사도 있고 어느 정도 재산도 있어. 카지노에서 딴 돈이니 너를 돕는 데 써도 돼."

"화수야……."

"뭐, 나중에 받을 거니까 그렇게 고마워하지 않아도 되고."

"아니. 너는 내 생명의 은인이야."

"아직 끝난 것은 아니야."

내일 진검승부가 시작될 것이다.

화수는 유해인과 여러 가지 이야기를 나누다가 잠자리에 들었다.

깊은 새벽.

화수는 잠자리에 들어 있었다.

물론 유해인과 한 방에 있었기에 잠은 오지 않았다.

스르르륵.

화수가 눈을 감고 있을 때, 무언가 부드러운 것이 닿았다.

"으음?"

"나야."

"아니, 도대체 왜……."

"미안해. 내가 너에게 보답할 수 있는 길이 이것밖에는 없어."

"하지만 이건 아니야."

"왜 아닌데?"

"나에게는 여자 친구도 있고……."

"내가 너에게 첫사랑이라고 생각했는데 그건 아니었어?"

"첫사랑이지. 그건 확실해."

"그렇다면 그냥 몸을 맡겨. 나 역시 네가 첫사랑이거든. 오늘 하루 정도는 괜찮잖아?"

"……."

화수는 슬그머니 자리에서 일어섰다.

"대가를 바랐다면 나는 너를 도와주지 않았을 거야."

"……."

"그냥… 어린 시절의 추억을 다시 상기시켜 준 대가라고 생각할게."

"네 생각이 그렇다면……."

완고한 그의 태도가 그녀의 마음을 상하게 한 것일까?

그녀의 표정이 썩 좋지가 않았다.

"미안."

"아니, 아니야. 내 생각이 짧았던 것이지. 기브 앤 테이크, 난 세상이 그렇다고만 생각했거든."

"이 세상에는 테이크가 없는 기브도 있어."

"…고마워."

"별말씀을."

화수는 잠이 다 깨버린 듯 머리가 맑아졌다.

"맥주나 한잔할까?"

"좋지."

두 사람은 늦은 새벽에 맥주를 한잔 더 마셨다. 그리고 그 술잔에 지나간 추억을 되새겨 보았다.

다음 날 아침.

화수는 햇살이 들어오는 것을 느끼며 잠에서 깨어났다.

"으으음……."

"일어났어?"

그녀는 호텔에서 얻어왔는지 가스버너로 콩나물국을 끓이고 있었다.

"오오, 냄새 좋은데?"

"후후, 그럼. 50억짜리 콩나물국인데."

"이야, 그렇다면 국물 한 방울까지 남김없이 먹어야겠군."

"그래, 금보다 비싼 국이야. 알뜰하게 먹어야지."

이윽고 마주 앉은 식탁. 다소 어색한 정적이 흐른다.

그녀가 화수를 바라보며 물었다.

"그 여자, 많이 사랑하나 봐?"

"사랑하지도 않는데, 책임질 말을 하지는 않지."

"그렇군."

만약 화수가 욕정에 치우쳐 그녀와 하룻밤을 보냈다면 엄청난 자괴감에 빠져들었을 것이다.

아마 그것은 그녀 역시 마찬가지일 터.

"넌 여전히 좋은 남자구나."

"으음, 글쎄. 난 그렇게 생각해 본 적 없는데?"

"아무튼 그 여자는 복 받았구나."

같은 동네에서 나고 자란 세라와 화수는 오랜 시간을 함께 보낸 친구이자 연인이지만, 서로에 대해서 모든 것을 다 안다고 할 수는 없었다.

아마 해인과 화수의 추억 또한 그 안에 포함된다고 할 수 있을 것이다.

"잘 먹을게."

"그래."

두 사람은 어색함 대신 해장으로 아침을 마무리했다.

*　　　*　　　*

화수에겐 야무진 동생들, 베네노아 같은 전문가, 마오 같은 상노름꾼도 있다.

만약 그가 전화 한 통만 해도 이들은 이 세상에서 흔적도 없이 사라질 수 있었다.

그러나 그는 자신의 지극히 개인적인 일에 다른 사람들을 끼어들게 하고 싶지 않았다.

"……."

화수는 카지노로 들어가기 전 각오를 다졌다.

지금 그의 표정에 무념무상으로 물든 것도 다 그 때문이다.

"힘을 내줘."

화수는 고개를 끄덕였다.

오늘 일이 잘못되면 그녀는 끌려간다. 그리고 말 그대로 작업을 당하게 될 것이다. 그리되게 둘 수는 없었다.

"좋은 꿈들 꾸셨습니까?"

건달 네 명이 건들거리며 다가온다.

화수는 날카로운 눈으로 그들을 바라보았다.

"험험. 꿈을 잘 꾸셨나고요."

"잘 꾸었소."

"그럼 갑시다."

"우리를 따라붙는 사람은 한 명으로 제한한다. 어차피 너희들은 나에게 안 되니까. 도망가려면 진즉 갔다."

건달들은 고개를 끄덕였다.

"마음대로 하십시오. 하지만 패한다면……."

"손을 떼도록 하지."

물론 화수가 패한다고 해도 손을 뗄 생각은 전혀 없었다. 하지만 그래야만 순순히 말을 들을 것이기에 그리 말한 것뿐이다.

"나머지는 기다리도록."

화수는 건달 하나와 유해인을 데리고 카지노로 향했다.

도박판에서 돈을 딸 수 있는 방법은 많았지만, 화수는 바둑이가 제일 간단하다고 생각하였다.

단시간에 판돈을 키울 수 있고 승률도 높다고 생각되었다.

화수는 자리에 앉았다.

척척척척.

패가 돌아가기 시작했다.

화수는 패를 집어 들었다.

분위기가 좋지 않았다. 최소한 두 번은 베팅을 해야 돈을 딸 수 있었다. 물론 그전에 죽는다면 아예 돈을 딸 수 없는 것은 당연했다.

"다이."

몇 판이 돌아갔는데 벌써 3억을 잃었다.

'한 방에 승부를 보아야 한다.'

승부를 보기 위해서는 패가 좋을 때에 확 잡아끌어야 하는데, 그런 패가 쉽게 올 리 없었다.

그는 테이블을 바라보았다. 테이블에는 총 네 명이 앉아 있다. 맞은편의 중년여성은 시종일관 포커페이스다. 승률이 가장 높았으며 과감하게 베팅하였다.

왼쪽의 남성은 다소 왜소해 보였는데 몸이 부들부들 떨리는 것이 얼마 지나지 않아 아웃될 것 같았다.

오른쪽의 노신사는 적당히 레이스를 하고 있었는데 따지도 잃지도 않는 페이스를 유지하고 있었다.

그렇다면 역시나 노려야 할 사람은 바로 중년여성과 노신사였다.

척척척척.

패가 다시 돌아간다.

넉 장을 받았는데 이번에는 K 족보다.

"하프."

"하프."

돈은 천정부지로 올라갔고, 화수는 입술을 깨물었다.

"다이."

"후우."

그는 한숨을 내쉬었다.

이제 10억이 남아 있다. 큰돈을 따기 위하여 큰 판에 끼어들었지만, 역시나 돈을 딴다는 것은 결코 쉽지 않은 일이었다.

"힘을 내."

화수는 고개를 끄덕였다.

그는 주변을 둘러보았다. 혹시나 방법이 있지 않을까 하는 생각 때문이다.

철저한 감시카메라는 보안망이 두꺼웠고, 딜러가 패를 나누어 주기에 뭘 어찌할 수도 없는 상황이다.

그는 턱을 쓰다듬었다.

화수는 유난히 시력이 좋았다. 그것은 물론 마도학의 영향이다. 그렇다면 그것으로 돈을 딸 수 있는 방법이 없을까.

순간 화수는 한 번 스치는 순간에 눈동자에 카드가 비친다는 것을 알 수 있었다.

물론 엄청난 집중력이 요구되었지만, 충분히 그것을 볼 수 있었다.

'이것이다.'

한 번 정도는 승부를 낼 수 있을 것 같았다.

화수는 이제 패가 들어오기를 기다렸다.

척척척척.

패가 돌아간다.

화수의 패는 9탑이다.

두근!

심장이 뛰었다.

9탑이라면 바둑이계(?)에서는 꽤나 높은 숫자였고, 엄청난 돈을 걸게 마련이다.

아침이었지만 이 정도라면 더 이상 카드는 바꾸지 않아도 될 것 같았다.

베팅이 시작되었다.

"하프."

"하프."

"하프."

돈은 순식간에 억 단위로 올라갔다.

문제는 여기서 누구도 패를 바꾸지 않았다는 것이다.

식은땀도 흐르기 시작하였다.

화수는 순간적으로 패를 읽기 시작하였다.

왼쪽 남자의 패는 10탑이다. 그 정도는 제칠 수 있다. 오른쪽의 노신사도 10탑. 물론 화수에게는 의미가 없다.

이제 그의 눈은 정면의 여자에게 향하였다.

그녀는 화수와 같은 9탑이었는데 모양이 달랐다.

화수는 하트, 그녀는 스페이드다. 낮은 숫자가 이기므로 화수가 이길 수 있다.

사람들은 저마다 베팅을 하였다.

"하프."

"하프."

"콜."

판돈은 10억.

이제 저녁이 되었다.

"……."

긴장이 흐르고 있다.

이 판에서 승부를 내야 했다. 모두에게 패가 잘 들어오는 경우는 매우 드물었다. 이런 경우에 올인이 발생하는 것이다.

"후우……."

여성은 하프를 친다.

판돈은 15억이다. 노신사가 하프를 친다. 이제 판돈은 22억이다. 화수는 풀 벳을 외쳤다.

"풀벳."

"비용이 모자랍니다."

"여기 있습니다."

화수는 통장을 보여주었다. 곧 그에게 그만큼의 칩이 들어왔다. 즉 현장에서 대출을 받은 것이다.

판돈은 44억이다. 사람들이 모두 콜을 한다면 화수는 50억 이상을 따게 된다.

"코, 콜."

"콜."

"콜."

모든 베팅이 끝났다.

"10탑입니다."

왼쪽의 남자가 카드를 내밀었다. 그리고는 칩을 쓸어가려 하였다. 하지만 오른편의 노신사가 패를 엎었다.

"내가 한 끗 높군."

"크으으윽!"

그는 머리를 감싸 쥐었다.

처억!

이번에는 여성이 오픈했다.

"미안하군요."

다시 그녀가 칩을 쓸어 담으려 했다.

화수는 칩 위로 패를 날렸다.

"허억!"

그녀는 처음으로 놀란 표정을 드러냈다.

"이만 하겠습니다."

화수는 모든 칩을 쓸어 담은 후 일어섰다.

모든 작업이 끝났다.

화수는 정확하게 50억 원어치의 칩을 건달들에게 내밀었다.

"영수증은?"

"써드려야지요."

그들은 영수증을 발행하였다. 그리고 유해인은 칩을 전해
주는 광경을 녹화했다. 그래야만 차후에 다른 소리를 하지 않
을 것이기 때문이다.

촤악!

그들은 신체포기각서를 찢었다.

"또 찾아주십시오."

"썩 꺼져라."

"그럼 이만."

사채꾼들은 고개를 숙이며 사라졌다.

*   *   *

카지노에서의 일이 끝났다.

화수는 첫사랑의 빚을 갚아주었고, 덤으로 상당한 돈을 따

게 되었다. 비록 불법적인 일로 돈을 벌었지만 앞으로 오지
않으면 그만이라고 생각하였다.

화수는 그녀를 바라보았다.

"수고했어."

"흐윽······. 화수야······."

"왜 울고 그래?"

"으아아아아앙!"

그녀가 화수의 품에 안겼다.

그녀에게 있어 화수는 유일한 구명줄이었다. 그가 아니었
다면 지금쯤 그녀는 싸늘한 시신이 되어 있을지도 모른다.

화수로 인하여 새 삶을 찾게 되었다.

"절대 잊지 않을게."

"그래······."

유해인은 화수의 입술에 입을 맞추었다.

앞으로 과연 그들은 인연을 이어나갈 수 있을까. 어쩌면 이
것으로 끝날 인연일 수도 있었다. 더 이상 인연을 이어나갈
수 없다는 생각도 들었다.

화수는 유해인에게 도박으로 딴 돈을 퍼주었지만 아깝지
는 않았다. 이것으로 첫사랑의 추억을 되새길 수 있었으니 그
것으로 족하다고 여긴 것이다.

어디까지나 돈이라는 것은 기준을 잡기 나름이다.

"또 보자."

"잘 가."

화수는 유해인과 헤어졌다.

집으로 돌아가는 길.

화수는 꿈과 같던 이틀 동안의 일을 떠올려 보았다. 그는 입술을 쓰다듬으며 유해인을 생각했다.

"또 만날 날이 있겠지."

화수는 고개를 흔들었다.

이제는 일상으로 복귀해야 할 때였다.

외전 끝

현대 소환술사

THE MODERN SUMMONER

FUSION FANTASTIC STORY

현윤 퓨전 판타지 소설

하늘이 무너져도 솟아날 구멍은 있다!

드래곤의 실험으로 모진 고난을 겪어야 했던 레비로스!
우여곡절 끝에 소환술사가 되어 최강의 자리에 오르지만
운명은 그를 나락으로 떨어뜨린다.

『현대 소환술사』

다시 한 번 주어진 삶!
그러나 그마저도 암울하기 그지없는데…….

소환술사 레비로스의
인생 역전이 시작된다!

Book Publishing CHUNGEORAM

FUSION FANTASTIC STORY

니콜로 장편 소설

아레나
이계사냥기

『경영의 대가』
니콜로 작가의 신작 소설!

서른을 앞둔 만년 고시생 김현호,
어느 날, 꿈에서 본 아기 천사에게 충격적인 이야기를 듣는데……

"모르시겠어요? 당신 죽었어요."

뭐?! 내가 죽었다고?

"그리고……'율법'에 의해 시험자로 선택받으셨어요."

김현호에게 주어진 시험!
시험을 완수해야만 살 수 있다.

현실과 제2차원계 아레나를 넘나들며,

새 삶의 기회를 얻기 위한
그의 치열한 미션이 시작된다!

Book Publishing CHUNGEORAM

유행이 아닌 자유추구 —
WWW.chungeoram.com

글샆 장편 소설

FUSION FANTASTIC STORY

세상을 다가져라

[세상을 다 가져라]

문피아 선호작 베스트 작품 전격 출간!
현대판타지, 그 상상력의 한계를 넘어서다!

권고사직을 당한 지 2년째의 백수 권혁준.

우연히 타게 된 괴상한 발명품으로 인해
과거로 회귀한다!

그런데
과거로 온 혁준의 손에 들려 있는 것은 바로
최신형 스마트폰!

"까짓 세상, 죄다 가져 버리겠다 이거야!"
백수였던 혁준의 짜릿한 인생 역전이 시작된다!

Book Publishing CHUNGEORAM

유행이 아닌 자유추구-
WWW.chungeoram.com

FUSION FANTASTIC STORY

미더라 장편 소설

ODD
LAWYER
Devil's
Balance

괴짜 변호사
악마의 저울

『즐거운 인생』 미더라 작가의
2015년 대작!

현직 변호사, 형사, 프로파일러, 범죄심리학 전문가 자문으로
현장의 생생함을 그대로 담아낸 현대 판타지!

『괴짜 변호사 : 악마의 저울』

"제가 왜 한 번도 패소한 적이 없는 줄 아십니까?"
"……"
"저는 법으로만 싸우지 않거든요."

법의 칼날 위에서 춤추는 자들과의
치열한 공방이 펼쳐진다!

Book Publishing CHUNGEORAM

유행이 아닌 자유추구 -
WWW.chungeoram.com

ODD
LAWYER

FUSION FANTASTIC STORY

미더라 장편 소설

Devil's
Balance

괴짜 변호사
악마의 저울

『즐거운 인생』 미더라 작가의
2015년 대작!

현직 변호사, 형사, 프로파일러, 범죄심리학 전문가 자문으로
현장의 생생함을 그대로 담아낸 현대 판타지!

『괴짜 변호사 : 악마의 저울』

"제가 왜 한 번도 패소한 적이 없는 줄 아십니까?"

"……"

"저는 법으로만 싸우지 않거든요."

법의 칼날 위에서 춤추는 자들과의
치열한 공방이 펼쳐진다!

Book Publishing CHUNGEORAM

유행이 아닌 자유추구 -
WWW. chungeoram.com

독고진 장편 소설

FUSION FANTASTIC STORY

100마일
100MILE

160.9344km.
투수라면 누구나 던지고 싶은 공.

『100마일』

"넌 야구가 왜 좋아?"

야구가 왜 좋냐고?
나에게 있어 야구는 그냥 나 자신이었다.

가혹할 정도의 연습도,
빛나는 청춘도 바쳤다.
그리고 소년은 마운드에 섰다.

이건 역사상 최고의 투수를 꿈꾸는
어떤 남자의 이야기이다.

Book Publishing CHUNGEORAM